記憶のなかの場所

——イギリス小説を読む新たな視点

津久井良充

まえがき　記憶のなかの見知らぬ場所を探して

それがどこなのか、なぜそこが記憶のなかに残っているのか、どうしても思いだせない場所がある。ちらりちらりと頭の隅をよぎる、奇妙に謎めいた、たしかに見たのに見知らぬ場所。その不可思議な場所の地誌学、つまり他のいかなる場所にもまして魔法の魅力をたたえた場所についての記述はいったい可能なのだろうか。

この書物は、そういう不可思議な場所の記憶に導かれるままに、フィールディングからコンラッドまでの一八世紀から二〇世紀に至る五人の英国作家の作品を「場所《トポス》」という視点から論じたものである。「空間」という視点をとるのではなく、また「風景」という観点にたつのでもない、場所という概念をとることによって、近代小説の依って立つ原理であるリアリズムという方法を問い直すことを本書はめざしている。全体の構成は以下の通りである。

第I部　小説という場所《トポス》の出現
第II部　自然という場所《トポス》の変容
第III部　時間なかの場所《トポス》——歴史という物語

第Ⅳ部　社会のなかの場所《トポス》
第Ⅴ部　場所《トポス》の喪失

本書における場所《トポス》とは、空間や風景に付属するものではなく、人間が注意深く生活を重ねる土地あるいは地域である。それは絵にして美しいものだけを目にとめる「視覚」によって創出される一面的な風景でもなければ、また、個々の人間の生の営みを離れて抽出された空間でもない。人が生きる土地や地域というものは、歴史性と共同性が宿る場であり、そこは人と場所との関係によって紡ぎだされる〈物語〉の母胎ともなっている。

近代的な主体によっては読み解くことができない場所《トポス》は、いまだ問われてさえいない問いを秘めた魔法の場所であり、その不可思議な場所についての記述を試みてみたい。そうすることにより、人間という存在を場所との緊密な関係性の下に見つめ、これまでの人間の自意識を中心とした考え方を突きぬけて、無意識的な「記憶のなかの場所」に広がる環境や自然と出会うことをめざしたい。

記憶のなかの場所　目次

〔第II部〕 自然という場所《トポス》の変容

〔第Ⅳ部〕　社会のなかの場所《トポス》——117

〔第Ⅰ部〕

小説という場所《トポス》の出現

第一章　世界のなかの場所、場所のなかの世界

1　はじめに

小説というジャンルのもつ近代性

小説という表現形式の特色については、その誕生の時期にまで遡って、様々な指摘がなされている。例えば『ドン・キホーテ』については、近代という時代が到来したにもかかわらず、もはや過ぎ去った中世の騎士道精神に目覚めてしまう、悲しくも滑稽な騎士ドン・キホーテの物語のなかに「近代人の意識と行為の矛盾」という主題を読みとり、そこに小説というジャンルの主題的な新しさがあると指摘されている。また、デフォー『ロビンソン・クルーソー漂流記』、リチャードソン『パミラ』などについては、これらの小説の魅力は作中人物の人間性が読者をひきつける点にあること、つまり市民階級に属する男女のもつ、どこにでも見かけるような平凡性が読者の共感を呼ぶことが指摘されている。

一方、表現技法という面から眺めてみると、小説という散文によるエクリチュールは「あらゆる文学様式のうち最も技巧や表現上の約束に束縛されないもの」(1)とされている。小説という形式には、長さの点や登場人物の数

あるいは事件の扱い方においてもなんらの約束事がなく、こういう無拘束な文学様式としての小説は、人間の欲望を肯定し、個々の人間の自由を（その実態は別として少なくとも理念としては）すべての人間に認める近代社会にふさわしい表現方法であるとされている。

小説というジャンルのもつ近代性は、いま述べたように主題、人物、技法などの面から指摘されているが、一方作品の舞台である「場所《トポス》」については、まだ十分な考察が加えられていないのではなかろうか。小説世界をその根底において支え、小説の物語がその上に展開される場所《トポス》は、市民階級という近代を担う歴史的主体が新たに発見し、切り開き、意味づけたものである。その場所のもつ意義を小説世界の成り立ちと絡めて考えていくために、最初に『トム・ジョーンズ』をとりあげ、次に『デイヴィッド・コパフィールド』をとりあげてみたい。その際に注意を払いたいことは、主人公トム・ジョーンズとデイヴィッド・コパフィールドがそれぞれ捨て子と孤児という「家なき子」[2]であり、彼らがあてどなく重ねる放浪の〈旅〉という表象空間のなかに場所《トポス》が表れていることである。旅のなかに表れる場所《トポス》の魅力について明らかにしたい。

2　親探しの旅、私探しの旅

「家なき子」の登場

『トム・ジョーンズ』(1749)と『デイヴィッド・コパフィールド』(1849-50)は、ともに英国教養小説を代表する作品である。前者は一八世紀の中葉に、後者はそれから一〇〇年後の一九世紀中葉に発表されているが、この二作品には少年期から青年期にかけてのひとりの人間における精神形成の歴史が、旅と遍歴の物語構造のなかに展開され、当時の社会風俗や時代の動向・特質と絡みあわされる形で表現されている。こうした放浪と旅という叙述形式のなかで人間の自我の在り方を問いかける教養小説は、英国だけではなく、広くヨーロッパ全土に生みだされているが、そうした全体的展望のなかにこの作品を置いてみると、主人公が孤児や捨て子という「家なき子」である点にひとつの特色があると言える。

親から捨てられたり、父母と死別したために自分の家を失って都会の路上や村のなかをさすらう家なき子は、社会的視点から見れば、一定の地域共同体の成員として認められない差別される子であるが、その逆に、肯定的見方をすれば、家─村─都会という社会組織に束縛されず、人間が作りあげる制度の罠に捕らわれていない自由の子でもある。地域社会の底辺で冷たい差別の下で生きながら、同時に、どこにも所属せず誰にも支配されず一定の目的や理念からは解放されている不思議な快活さに満ちている放浪という世界に生きる彼らは、貧困と差別を味わう暗鬱な世界と、自由と解放を謳歌する明朗な世界の中に同時に足をおろしている両義的存在である。明と暗、自由と抑圧、物質的貧困と精神的豊饒という相反する二世界の境界線に生きる家なき子の放浪の意義を解きあかすことは、近代小説における場所《トポス》というものの位相を解きあかすことへとつながっている。

エクトール・マロ作『家なき子』

まず最初に、家なき子という存在の抱える問題点を探るために、児童文学の名作『家なき子』に少し言及したい。エクトール・マロ（Hector Malot, 1830-1907）作『家なき子』（*Sans Famille*, 1878）では、始まりの場面で、主人公の少年レミは自分の目の前にいる両親が実は育ての親であり、生みの親は別にいることを知る。ある作家はこの場面を子供の頃に読んだ思い出を、次のように綴っている。

お祭りの日、お母さんが苦労してバターを手に入れ、レミのためにリンゴのケーキを焼こうとしている時、突然、パリに働きに出ていた父親が帰って来る。腹が減ったから玉ねぎのソテーを食わせろ、と命令する。お母さんはケーキのためにバターを残しておこうとするが、父親は怒って全部のバターをフライパンに投げ入れてしまう。それをレミが戸口の陰から悲しそうに見つめているのだ。

なぜかその場面だけが妙に生々しく記憶に残っている。もちろんリンゴのケーキは美味しいだろうが、玉ねぎをバターで炒めるのも美味しそうじゃないか、と思ったのを覚えている。小学校一年生か二年生くらいの頃ではなかったろうか。レミ少年にとって大切だったのと同じくらい、まだバターが高価で珍しい時代だった。今でも玉ねぎを炒めるたび、「家なき子」を思い出してしまう。(3)

図Ⅰ-1　レミの哀しみ

まだ「高価で珍しい」ものだったバターと、珍しくもなんともない「玉ねぎ」の匂いが幼い記憶のなかに残り、「今でも玉ねぎを炒めるたび、『家なき子』を思い出してしまう」といかにも楽しげに子供の頃の思い出が回想されている。だがこの冒頭の場面が読者の心に「妙に生々しく記憶に残」る理由は、それが貧しい時代の幼い日々の食事の記憶に結びつくとともに、この場面には、「お祭りの日」にレミ少年が楽しみにしていた「リンゴのケーキ」をめぐり、母と父が言い争いを起こし、父親が母と息子の楽しみを奪ってしまうという家庭内の事件が、生々しく読者の前に突きつけられているからではなかろうか。「バターをフライパンに投げ入れてしまう」父親の姿を「戸口の陰から悲しそうに見つめている」レミの眼は、「優しい母さん」とはあまりに対照的な父親という存在の不気味な他者性を凝視しているのだ。

居場所はどこにあるのか

レミが慕う優しい母は育ての母バルブラン母さんであり、冷たい父親は捨て子だったレミを拾った養父バルブランである。バルブランはやがて金欲しさにレミを動物使いの老人に売り払い、このときから生みの親を探し求めるレミの放浪の旅が始まる。だが、冒頭の優しい母と冷たい父が現れる場面は、レミの放浪がたんなる親探しの旅ではすまされない要素を抱えこんでいることを示している。愛情あふれる母と厳格な父、母性原理と父性原理のぶつかる対立構図のなかで、母なるものへの憧憬と、経済的な利害に縛られる父（＝現実原則）への反発との間に引き裂かれることの痛みと苦しさを、レミはその幼い身体のうえに背負わされている。レミの親探しの旅は、生みの親を探す形をとっているが、じつは母性と父性の対立のなかで、自分の本来の居場所を探し求める旅にほかならないのである。

家なき子の放浪は「居場所」への探索――存在への懐疑――という近代における〈旅〉の基本的な意味のひとつを明らかにしている。レミの生の軌跡は居場所の喪失感、居場所の不確定性、居場所の探求、そして居場所の発見などという位相へと次々に転移を重ねて、母の住む先祖代々の城館という自らの出自の場所を見いだして終わる。だが、個々の人間における生の目的は個々の人間が自分の思索と行動のなかから摑みとることが求められる時代においては、レミの物語は「家族の神話」を強化するのみであり、近代人の幸福意識の基盤となりうるものではないだろう。

進歩・発達・進展の理念を掲げた近代のなかに、あてなく放浪する人間が自らの存在を根拠づける新たな場所《トポス》

――それはたんなる安住の地とか故郷ではない――を、どこに発見するかという問題について考察しなくてはならない。

3　リアリズムが生まれる場所――『トム・ジョーンズ』を読む

出生の謎

レミの放浪の旅を見てわかることは、家なき子の抱える問題は、物語の表層のレベルにおける親探しの旅と、その深層における私探しの旅とが重層的に絡みあう二重構造の上に成立していることである。この家なき子の放浪のもつ二重性に着目したうえで、フィールディング（Henry Fielding, 1707–54）の『トム・ジョーンズ』における親探しの旅、私探しの旅の展開を見つめたい。

エクトール・マロ作『家なき子』と同じく『トム・ジョーンズ』もまた、ひとりの捨て子が放浪の旅のなかで自分の居場所を探すという物語の枠組みを示している。そしてトムという捨て子のたどる旅の方向を見定めようとするとき、この捨て子が、英国では最も一般的な人名である「トム・ジョーンズ」と命名されていることに注意しなくてはなるまい。

『トム・ジョーンズ』の原題は、『捨て子トム・ジョーンズの物語』（*The History of Tom Jones, a Foundling*）と銘打たれている。この原題を見て、謹厳なピューリタンとして知られる『パミラ』の作者リチャードソンは激しい怒りを表明している。リチャードソンにしてみれば、トム・ジョーンズという英国でもっとも一般的人名、つまり英国人そのものを象徴する名前が罪に汚れた「捨て子」――捨て子という言葉は不義・姦通によって生を

享けた私生児を連想させると言われる――として設定されていることが許せなかったのであろう。(4)

存在の両義的な意味

トムの出自とその名前が提起する問題については、こんな指摘がなされている。

トムの精神は現実を肯定する逞しい生命力にあふれ、この充溢する生命力に促されるまま彼は社会に乗りだしていく。トムは、人間もまた動物であることを本質的に受けいれているのであり、もしそのことを受けいれなければ、人間の下す判断は温もりのない不毛なものとなってしまうことを知っている……トムには人生というものの喜劇的本質が生き生きと表れている。だから彼にあたえられる名前はもっとも普通の人名でなくてはならないのだ。彼はまた、私生児として、法的に認知されない者として生きることを求めている。なぜなら彼の個性ともいえる自然な生命力は、社会的慣習に優越しているからである。(5)

トム・ジョーンズという主人公は、この指摘にあるように「動物」のような「逞しい生命力」にあふれており、彼の身体の内部に潜む「自然」としての生命力は形式だけの礼儀作法とか面倒な規律・規則に縛られて生きることを拒み、自己の欲求の充足を求めて周囲の人間と衝突してしまう。トムが少年として初めて読者の前に登場する場面では、腕白なトムは無断で隣の屋敷の庭に入りこみ鶉《うずら》を銃で撃ちおとしてしまう。すぐに隣の家から抗議が起こり、その結果トムは罰として鞭打たれてしまう。ここでは――ちょうどハックルベリ・フィンと同じように――自然児トムは、人間社会の規則や約束の制約に縛られない自由の子であること、それと同時に、一定の目的や理念から解放されている自由の子トムは人間の法（＝規範）を侵犯し、いつか罪の世界に転落する可能性をもっていることが示されている。

図Ⅰ-2　捨て子のトム・ジョーンズ

トムの養父オールワージーは、キリスト教的な慈愛と博愛精神を象徴する人物であり、トムは実の親ではないと知りながら、オールワージーを理想の父親として心から慕い、オールワージーもまたトムを慈しんでいる。だが、父―子の強い精神的絆が成立していたにもかかわらず、父子の絆は破れる宿命《さだめ》にある。なぜならトムの内的生命力は自らのエネルギーを解放する契機を求めて、やがて父の教えるキリスト教倫理を踏み越えてしまうからだ。このことは人間という存在の両義的な意味、つまり一個の生命体として動物的に「存する」ことと、形而上的に「在る」ことがしばしば軋みをあげながら対立することを明らかにしている。生命力にあふれる自然児トムの身体はあからさまに動物としての「固有性」を主張しながら、同時に歴史的、社会的、文化的な脈絡によって規定される「固有性」の獲得をめざすことを求められている。身体は内なる自然としてのエロスを秘めており、異性との奔放な交渉を欲しているが、同時に身体は宗教や国家や民族の定める法に従属し、クリスチャンであるとか、イギリス人であるとか、白人であるとかいう「個」の意識を獲得しないかぎり、存在の根拠を見いだすことはできない。

やがて青年となったトムは、ソファイアという女性を愛しながらも、猟番の娘と関係を結び、その情事がオールワージー氏の知るところとなり、ついに家から追放されてしまうことになる。トム・ジョーンズのもつ内なる自然としてのエロスは、オールワージーの体現するキリスト教的秩序の世界からの解放をめざしており、慈愛に満ちたオールワージーの家をでるとき初めて、トムの精神形成を主題とする家なき子の放浪が始まる。自然と文化とを分け隔てる境界線、自然的生命と人間的生命との分かれ目、生物的なものと歴史的・社会的なものとを分離する区域、そういう境界的な場所を飛び越えることが自然児トムに定められた運命であり、トムの遍歴と放浪は、人間的主体に成長するための旅にほかならないのである。

トムの放浪――小説という危険な表現様式

トムの遍歴は、こうして父に背き罪を犯した者の漂泊の旅として、またキリスト教倫理の束縛から抜けだし「旅」という非日常的な時空間のなかで自己を解放する冒険として始まる。

この罪の子の翳りと自由の子の輝きという対極的な二重の意味合いを帯びるトムの放浪は、小説という表現形式に新たな可能性を開くものであった。「家なき子」トムの彷徨は、一個の人間が、自己の身体に刻みこまれるものとして、直接的な生々しい経験や他者との出会いのなかから社会の総体的なヴィジョンを摑みとろうとする企てであり、デカルト哲学がもたらした世界観の近代的な変革の流れと連動している。それは小説というジャンルの誕生を促した要因と深く結びついている。

ルネッサンス以降になると、現実に対する最終的な審判者の地位を、共同体的な伝統に代わって個的経験がますます占めることになった。そしてこの変化が、小説の誕生を促した全体的な文化基盤を構成するひとつの重要な要因となっている。

注目されることは、個性を尊ぶ傾向が英国において初めて力強い表現を得たことである。(6)

「共同体的な伝統」を過去に遠ざけ、「個的経験」を「現実に対する最終的な審判者」として打ちだすとき出現する、新たな表現ジャンルとしての小説。それは既成の韻文・詩歌や類型的な散文物語などのような共同体の表現ではなく、一個の人間の自意識と彼を取り囲む世界との緊張関係のなかから生まれる革新的表現である。トムが「捨て子」として社会の非難・蔑みをうけることになるのは、彼が神話、伝説、ロマンスなどの伝統的物語表現を破壊する「小説」という危険な言語表現様式の主人公である以上、どうしても避けられないことであろう。それゆえに、家なき子レミが発した「居場所はどこにあるのか」という問いかけを、かりにトム・ジョーンズに向かって投げかけるとすれば、主人公《ヒーロー》としてのトムの居場所は、伝説・民話でもなく、韻文・詩歌でもなく、演劇でもなく、新たな散文による表現様式である小説という場所《トポス》にあると言えるだろう。

リアリズムが生まれる場所

フィールディングは、良く知られているとおり『トム・ジョーンズ』の冒頭で、作家を飲食店の店主に見たて、彼が腕を振るう料理の材料は「人間性」であり、そして読者は代金を払ってその料理を食べる客であると言い放っている。

凡そ作家たるものはおのれを、少数の客を呼んで無償の御馳走を振る舞ふ紳士と考えてはならぬ。作家はさしづめ、金さえ出す者なら誰でも歓迎する飲食店の経営者である……金を払って物を食ふ奴等は、如何に自分が小うるさい気むつかしい味覚の持主であらうとも、その味覚を満足させねば承知しない。すべてが口に合はぬ限りは、滅茶苦茶に食事を非難し痛罵し罵倒する権利を主張する。(7)

フィールディングは作者—作品—読者の関係を、生産者—商品—消費者という経済的関係として自覚している。内面の表出という芸術意識は微塵もなく、作品は娯楽を提供する商品として認識され、作家は労働の代価としての報酬を手に摑むことが自明のこととされている（ちなみにフィールディングは有名な浪費家で、彼の小説執筆の大きな動機は借金返済だったと言われている）(8)。書き手の倫理は人間性を調理して読者の食卓に供し、読者という客を満足させることであり、真実、美、芸術性の追求などという理念は読者という消費者の嗜好の前に色あせている。しかしフィールディングがこのような小説概念を抱いていたことは、『トム・ジョーンズ』という作品がもつ芸術性をいささかも傷つけることにはならなかった。一八世紀イギリス小説の最高傑作と言われるこの作品には、揺るぎない整然とした構成の中で、総勢二〇〇人にも及ぶ登場人物が生き生きと描かれている。問題なのは、なぜ、様々な階級、様々な地方、様々な性格をもつ老若男女をフィールディングが生き生きと描くことができたかということである。その理由は作家は飲食店の経営者であると言明していることが示すように、フィールディングは世界が膨大な商品の集まりとして編成された時代に生きていることを認識していたからである。このことは事物を見つめる人間の目を、客観的現実を見つめるリアリズムの眼差しへと変貌させることを意味している。商品というものの出現が物を見る人間の視線を変質させることは、絵画を引きあいにだして、次のように指摘されている。

中世にもジャガイモはあった。近代の画家の前にころがっているのも（使用価値としては）それと同じジャガイモであって、別に近代的な色や形をしているわけではない。中世の画家もジャガイモを見ていただろうが、それは必ずしも商品として買い求められてそこにころがっていたのではない。他方、近代の画家の前にころがっているジャガイモは、それとまったく同じジャガイモでありながら、商品という、社会関係の網のなかに組み込まれているジャガイモである。

リアリズムが問題とした〈物〉(9)はそのような社会的な関係性のなかにおかれて初めて見えてくる質のものだったのではないか。

フィールディングが人間性を的確に把握し、整然とした構成のなかに多数の人物を描き分けることができたのは、すべてが商品として流通する市場という場所を肯定し、そこに身を置き、そこに活動し、そこから事物そのものを摑むリアリズムの方法を取得していたからなのだ。

図Ⅰ-3　『トム・ジョーンズ』に描かれる滑稽な夫婦喧嘩の場面

ファルスの舞踏

放浪の世界に生きるなかで、自由奔放なトムは、やがて養父オールワージーが示していたキリスト教道徳の意義に目覚めていく。捨て子トム・ジョーンズの親――生みの親、育ての親、真の親――は誰なのかという謎ときの意味合いを含んでいるトムの物語は、〈私〉とは何ものかを問いながら、様々な経験と知識を獲得した後に、内なる自己に目覚めていく旅であり、やがて彼の母親が実は養父オールワージーの妹であったことが判明し、トムはオールワージーから赦され、めでたくソファイアと結ばれて物語は終わる。

こういう展開をたどる「家なき子の放浪」という問題を考えるとき見落とすことができないのは、作者フィールディングの自由闊達な「語り口」である。皮肉と諷刺を交じえる滑稽な語調からなるフィールディングの語り口は、客観性と事実性に裏づけられたやや味気ないとも言えるデフォーの『ロビンソン・クルーソー漂流記』のもつリアリズムとは異なり、一種の非リアリズム的要素を内在させていると言えよう。例えば「家庭史上の記録のなかで最も血みどろの争い、あるいはむしろ決闘を描く（第二巻、第四章）」といかにも仰々しく命名された場面においては、てっきり夫が浮気をしたと思いこんだ勝ち気な妻が、気弱な夫を責めたてることから始まった夫婦喧嘩の有様がじつにユーモラスに描かれているが、ここでのフィールディングの筆致には、喜劇小説の特徴、つまり「ユーモアと諷刺の二方面をあつかひながら、人生の全的な現実をとらへようと努める[10]」姿勢が表れている。それは現実の客観的な再現をめざすことではもちろんなく、また人間性の矛盾を辛辣にえぐり出すスウィフト的な諷刺でもなく、伝統性と独創性を併せもつ、創造と癒しとしてのファルスであり、人生の美醜を含めた人間の全的理解をめざしているのだ。

フィールディングの「人間性を調理して食膳に供する」というマニフェストは、小説が商品としてあがなわれることの肯定に基づいており、それはさらに彼を人生の美醜を含めた人間の全的肯定へと向かわせている。彼は友人であり保護者でもあるジョージ・リトルトンに捧げた「献呈の辞」のなかでこう書いている――「この物語で、私は会得しているあらゆる機知とユーモアを駆使しました。人間がたやすく陥ってしまう愚行や悪徳から、私は笑いの渦によって彼らを救いだそうと試みたのです[11]」と。フィールディングの世界に響く高らかな哄笑は、およそ両立しない性格を自己の内部に宿す人間という動物の犯す「愚行や悪徳」をしかと見つめ、それらを「笑い」の効用によって治癒しようとする精神から生まれている。すべてが商品として売買の対象となる市場という場所は、まもなく産業革命や都市の大成長を経験することにより、人間の精神に埋めがたい空虚を穿つことになるが、フィールディングにはまだその不安は芽生えていない。小説家であること、市民であること、リアリズムという方法によって成立する小説という場所《トポス》のなかに生きること、それらをフィールディングは疑っていないのだ。しかしそれから一〇〇年後に書かれた『デイヴィッド・コパフィールド』においては、事態は一変しているのである。

4　〈私〉という現象──『デイヴィッド・コパフィールド』を読む

父親の発見

『トム・ジョーンズ』と『デイヴィッド・コパフィールド』を並べて見ると、両者を隔てる一〇〇年の歳月のなかで英国社会に生じた構造的変化がくっきりと浮かびあがってくる。トムの養父オールワージーがキリスト教的な博愛主義を伝える慈父であることは、この作品が産業社会の歪みが人々の意識のなかにのぼってこなかった一八世紀に書かれたことに根ざしており、一方、デイヴィッドを育てる継父マアドストーンが子どもを愛さない冷酷な父であり、まるでヴィクトリア朝英国という家父長社会の抑圧性を文字通り絵に描いたような人物であることは、大英帝国の繁栄とは裏腹に、一九世紀英国の抱える政治的・経済的矛盾が、もはやオールワージー的なキリスト教博愛主義の理念によっては解決できないほど深まりつつあったことと結びついている。

図Ⅰ-4　25歳頃のディケンズ

ディケンズ（Charles Dickens, 1812-70）においては、フィールディングとは対照的に、父親という存在——「『関係』そのものの始源と重なっている」[12] 存在——は、マアドストーンに見られるように、はっきり否定されるべき対象として提示されている。こうしたディケンズにおけるエディプス・コンプレックス[13]は、彼の作品に「創造」への懐疑というモチーフを導いている。ディケンズの作品のなかには子を愛することのできない父、子を虐待して恥じない父、また子育ての責任を果たせない社会的落伍者としての父などが現れているが、ディケンズはそういう「負」のベクトルが指し示す父親を媒体として、子どもという存在を「創造」したものに対する疑惑、あるいは問いかけを発している。このことはデイヴィッド・コパフィールドの出自のなかにも歴然と表れている。デイヴィッドという主人公は、自分を探すこと、自分という存在を意味づけることという、人間的主体に成長するための課題を背負わされている。しかも『トム・ジョーンズ』の場合と異なり、『デイヴィッド・コパフィールド』という作品においては、〈私〉という存在は不可解な謎となって主人公デイヴィッドの胸中に意識されるのである。

〈私〉という現象

『デイヴィッド・コパフィールド』という作品は、〈私〉とは何ものかという主題を追求するために、デイヴィッドが自分の人生の歩みを直接に読者に向かって語りかけるという一人称の形式をとっている。

私自身の伝記であるこの物語のなかで、果たして私が主人公になるか、それとも主人公という地位は誰か他の人が占めることになるか、それは以下を読めばわかるにちがいない。自分の一生の始まりからこの伝記を書き始めるにあたり、まず、私は（他人から聞いて、そう信じているのだが）ある金曜日の、夜の一二時に生れ出たのだと記しておく。(14)

客観的な三人称の形式ではなく、ほかならぬ語り手自身が主人公の役割を演ずる一人称形式がとられている問題について、次のような分析がなされている――「自己の生涯について物語ることにより、主人公デイヴィッド・コパフィールドは自己の主体性とアイデンティティを獲得しようと試みている。まぎれもなく本書はアイデンティティの形成（および崩壊）を「主題」とする小説である(15)」。

図Ｉ-5　40歳頃のディケンズ

この世に生を享けてからデイヴィッドは、父への反抗者、家出をした息子、弁護士事務所の書記、そして速記記者へと様々に転身していく。トム・ジョーンズのように、またレミのように、最終的に自分の生まれが有産階級に属することが判明するのとは対照的に、デイヴィッドは日々の糧を自分の手で獲得しなくてはならない労働者のひとりとして生きる宿命を負っている。この意味で彼は当時の大衆の一員として、つまりとくに資産を有せず自分の肉体を道具として働く一個の人間として、賃労働―職場（工場）―資本という社会構造のなかに拘束され組みこまれていると言える。

こういう資本の論理が支配するヴィクトリア朝社会は、それまでの時代には見られない解放と抑圧という矛盾する性格を備えている。デイヴィッドは中世的な古い保護や隷属の関係からは自由であり、また一切の財産や半強制的な定住的生活形態からも自由な状態にあり、自己の職業、信条・宗教、居住の場所を選択できる解放の喜びを一面において味わうことができる。またその一方でデイヴィッドは家族や地域、教会や階級などの中世以来の伝統的共同体があたえるアイデンティティを失い虚無への転落の不安に怯えねばならない。デイヴィッド・コパフィールドにおいては、幼くして両親を亡くしたことも手伝い、共同性の基本的な拠り所である家とか郷土を喪失しており、この根底的な分離の体験によって彼の精神の中心には埋めがたい空虚が穿たれている。ではこの「人格の空洞化」とも言うべき近代の病理を、いかにしてデイヴィッドは克服するのであろうか。

この小説を読めば一目瞭然のことであるが、デイヴィッドが自己のアイデンティティを確立するのは――あたかも「自己とはひとつの物語にすぎない」[16]という命題を証明するかのように――自らがペンをもち自分の過去を読者という他者に話しかける、作家という職業を選択することによってである。しかし、マアドストーンという父との葛藤のなかで「創造」に対する問いかけを発し、虚無への転落の不安に怯えながらアイデンティティを探し求めていたデイヴィッドが、一転して創造するものの側にたち、創造するという特権を手にすることにはひとつの問題が潜んでいる。

デイヴィッドという主人公は人が生まれ落ちると同時に投げこまれる人間社会のなかで、「家なき子」という役を演じながら〈真実の生の探求〉というロマン主義的主題を背負って生きている。だがここで注意を払うべきことは、トム・ジョーンズとは違いデイヴィッドにとっては人生の美醜を含めてそれを全面的に肯定することがもはや不可能として意識されていることだ。継父マアドストーンやデイヴィッドと対立するユライア・ヒープなどの人物は、市民社会の道徳に照らしあわせて排斥すべき人物として描かれている。さらにこれらの「悪役」と言える人物の場合より重要なのは、デイヴィッドの分身とも言えるスティアフォースに対する作者の姿勢である。スティアフォースはデイヴィッドの無二の親友で、ある面ではトム・ジョーンズを連想させるようないかにも颯爽とした青年であるが、彼はすでに婚約者のいる女性と駆け落ちしてしまい、そのときから道徳的に許されない者としてデイヴィッドの世界から排斥されてしまう。デイヴィッドが語る〈私〉という存在は永遠に精神的に生成変化をとげる主体ではなく、市民社会のモラルを神聖視して、モラルに背く人物を追放するという排他的な主体性をあらわにしているのである。こういうディケンズ文学における自己回復の企ては、いわゆるヒューマニスティックな疎外論的な発想から出ていないと言えるだろう。善人—悪人、強者—弱者、加害者—被害者の二項対立の環を断ち切る倫理的切断により、そうした環の外にたつ単独者の視点はディケンズの世界からは抜け落ちているのである。

主体性の罠

またデイヴィッドという語り手が「白人、男性、中産階級、クリスチャン」という近代小説の「語り」を担う典型的な主体であることも問題である。だが、それより重要なのは、デイヴィッド・コパフィールドという語り手が、作者ディケンズの分身として、「国民作家」という地位についていることである。この地位は近代社会の構成員として求められる市民性と、小説という近代文学に求められる芸術性を所有するという特権性をもっており、紳士であることと芸術家であることとの両立を可能としている。しかしそれが針の一突きで崩れ去るようなもろい幻想でしかありえないことは、ディケンズの伝記的事実を見ただけでも明らかである（彼は愛人をつくり家庭を破綻させながら、『家庭の言葉』という自らが発行する雑誌に、家族愛を説く作品を発表しつづけた）。ディケンズは自己の内に、あらゆる矛盾した欲求がせめぎあっていることを知りぬいていたし、また同時に彼が生きるヴィクトリア朝英国という社会に内包する矛盾も知りつくしていたのである。

対極の存在する時代

『二都物語』の冒頭部は、こうしたディケンズが見た矛盾を内包する社会的ヴィジョンとしてよく知られている。

それはおよそ善《よ》き時代でもあれば、およそ悪《あ》しき時代でもあった。知恵の時代であるとともに、愚痴の時代でもあった。信念の時代でもあれば、不信の時代でもあった。光明の時でもあれば、暗黒の時でもあった。希望の春でもあれば、絶望の冬でもあった。前途はすべて洋々たる希望にあふれているようでもあれば、また前途はいっさい暗黒、虚無とも見えた。人々は真一文字に天国を指しているかのようでもあれば、また一路その逆を歩んでいるかのようにも見えた――要するに、すべてはあまりにも現代に似ていたのだ。(17)

二つの両極的な価値に引き裂かれる「分裂の時代」としての近代の特質がここに描かれている。そして、このような、自分をどう位置づけてよいのかわからない世界に投げこまれているデイヴィッドにとって、目の前に横たわる社会の様相は、言うまでもなくトム・ジョーンズの直面した一八世紀英国社会とは根本的に異なっている。一定の目的から解放され不思議な快活さに満ちた気ままな放浪の旅は、産業社会の発展下で都市の貧民が窮乏してスラム街が成立し、児童・幼児の虐待や過酷な少年労働などといった社会的・政治的問題が顕在化してきた一九世紀においてはもはや不可能となりつつあった。デイヴィッドという家なき子は、広大な世界に向けての冒険や放浪ではなく、体系的な知識が引き裂かれ全体性も遠近法も見いだせないまま、あてのない精神的な放浪をつづける新たなヴィクトリア朝時代の「路上の子」として登場しているのだ。

ディケンズという作家はこういう路上の子として生きる人間を描いた作家であり、それゆえに、しばしば指摘されているようにロンドンという大都市がディケンズ文学の故郷であると言える。だが、それもさることながら、「分裂の時代」において生を意味づけることの不可能性に直面しながら、ディケンズが「物語は永遠に語り継がれる」[18]という命題に従って次々と作品を発表していったことに注目しなくてはならないだろう。なぜなら、フィールディングが確立したリアリズムとしての小説世界は、後に論ずるようにジェイン・オースティンによって、抑制の行き届いた怜悧な文体の底に生を意識的に統治するリアリズムへと洗練されていったが、その小説の流れをディケンズは、『クリスマス・キャロル』などの作品が示すように、ふたたび神話的・宗教的要素を取りいれた奔放で自由な「物語世界」へと引き戻しているからである。それゆえに、もしもディケンズ文学の場所《トポス》はどこかと問うならば、こう答えることができるだろう。それは孤独な個人によって沈黙のなかで読解されるものではなく、「語り」のもつ生への志向性――〈いま・ここ〉における「語り」という行為がもつ志向性――が生みだす「物語」という場所《トポス》なのだ、と。

5　まとめにかえて

二つの教養小説は、すでに見たとおり旅という時空間において主題が展開されており、この二作品の世界は旅の表象と密接に重なりあっている。

地図にはない場所《トポス》への旅

『トム・ジョーンズ』と『デイヴィッド・コパフィールド』という英国を代表する宗教、道徳、および伝統的表現の束縛を振り払うことを可能とするものとして、旅は位置づけられている。生まれ育った村―町―地域に安住してしまうことは、人がその個性を失うことにつながるとして批判され、あてもない放浪の旅にでて社会の外縁を彷徨する主人公の姿が読者に示され、彼が旅の過程で様々な経験を積みあげるなかで成長していく姿が描かれる。放浪の旅はトムに広大な「世界という場所」の存在を開示したのである。

『トム・ジョーンズ』においては、言うまでもなく旅とは気晴らしとか商用のためのものではなかった。既成の

これに対し『トム・ジョーンズ』から一〇〇年の年月を経て書かれた『デイヴィッド・コパフィールド』においては、限りない世界に向けての冒険や放浪の不可能性が明らかにされている。家なき子デイヴィッドの放浪はトムと同じく英国社会の様々な階層に及んでいるが、トムとは異なり、デイヴィッドが見るのは都市のスラム街の窮乏や過酷な少年労働の実態、そして社会機構の一環としての学校における非人間的な教育などであり、そうした社会的・政治的な抜き差しならない問題を見つめるなかで、デイヴィッドは自分自身というものに疑問を抱いていく。デイヴィッドの旅が提示しているのは、トムの放浪とは対照的に、自分という存在を意味づけることの不可能性であり、ここにデイヴィッドの旅のもつ現代的な意義が存在する。そしてデイヴィッドの放浪の中心

点とも言うべきロンドンという場所は「分裂の時代」と化した近代という世界をそのなかに現出させている。

しかし、『トム・ジョーンズ』と『デイヴィッド・コパフィールド』における旅の位相を注視すると、おのずとひとつの問題点が浮きあがってくる。それは他でもない、放浪という行為がいずれ終止符を打たれるべき一過的なものと想定されていることだ。定住することを基点とし、放浪の旅をさっと過ぎてしまう一時的な日常からの離脱と見なすかぎりは——ちょうど恋人という存在が主人公トムやデイヴィッドにとって付随的な同伴者としてとらえられていたように——旅というものは所詮は定住者の構成する共同体を活性化させるための補完的・付随的な役割を果たすものでしかなかろう。

旅が人にもたらす認識の深まりと旅による自己蘇生のもつ真の重要性は、市民社会を支える主体としての男性の眼ではなく、もしかしたら、家や家族の絆に縛られて実際の旅にでることのできなかった〈家の女〉たちの眼に映っていたのかもしれない。彼女たちは、日々を家庭のなかで事もなく過ごしながら、心のなかで地図にはないものをめざして夢想の旅にでる。ジェイン・オースティン、ブロンテ姉妹、ジョージ・エリオットとつづくイギリス女流小説家の作品は、男たちが作りあげた「女性という物語」に飽きたらず、内的漂泊という夢想の旅にでる女性たちによって生み

図Ⅰ-6　地下の抗道へ下ろされる子供の労働者

だされたものなのである。本書では第Ⅳ部において、このなかからジェイン・オースティンをとりあげて論じる。

〔第II部〕

自然という場所《トポス》の変容

第二章　〈荒野〉の発見——ハーディ『帰郷』を読む

1　はじめに

イギリスの田園の美しさ、いちど訪れると忘れることのできないその魅力については、もしかしたらイギリスの料理の味の悪さについてと同じくらい、多くの人々が語っているかもしれない。麦畑と牧場が広がるイギリスの田園風景の美しさにいまさら異論を唱える気はさらさらない。ただ気にかかるのは、イギリスの田園風景のなかに英国性、つまり英国の英国たるゆえんを見いだす考え方がいつ頃から生まれたのかということだ。

イギリスの田園のもつ意味合い

そもそも田園への愛着というものは、『ダフニスとクロエー』という古代ギリシャの牧歌物語に見られるように、古来から文学表現のモチーフとなっている。しかし田園の美しさが、英国性というような国民精神と分かちがたく結びついたのは、ヨーロッパに民族国家あるいは国民国家と名づけられる政治社会が形成されてからのことになる。イギリス文化の歴史において、畑の眺めや、豊かな森や小高い丘を賛美する心性が生まれるのは「風景詩や風景庭園の流行した遠く十八世紀まで遡ることができ」(1)るとされており、そうした田園風景への傾倒に基づく文学表現の頂点がワーズワースらの自然詩であることは言うまでもない。だが、ロマン主義によって表象化された田園への愛着がイギリスの文化的性格を形づくるうえで、またナショナル・アイデンティティの形成のうえで重要な役割を果たしてくるのは、じつはジョージ・エリオットやトロロープが活躍した一九世紀の後半になってからである。(2) この時代はドイツの台頭によって大英帝国の支配権が脅かされる頃にあたり、その危機意識の高まりと英国の田園風景への賛美とは一枚のコインの裏表の関係にある。イギリスに広がる田園の風景を賛美することとは、大英帝国の繁栄に裏づけられた国家意識や、国民国家の形成という近代の「大きな物語」とつながっているのだ。

二〇世紀に入り、第一次世界大戦の勃発によって「ヨーロッパの没落」が意識されることになっても、田園の美しさは文学者の心をとらえて離さなかった。E・M・フォースターは『ハワーズ・エンド』のなかで、英国がそこに要約されているものとして南部の田園風景を賛嘆をこめて書きこんでいる。またD・H・ロレンス、ジョージ・オーウェル、ルパート・ブルックなども英国の田舎へ深い愛着を寄せている。彼らは一様に英国の田園のもつ、穏和な、ある意味で箱庭的な親密性に魅惑されていたのだった。英国では、「景色までが人間の生活の背景になっている。それは英国の自然が英国人の庭の延長なのか、それとも英国の自然が庭にも入ってきているのか」(3) わからないほどに、自然と人間とが親密な関係を実現しているからである。

2　地の霊、土地の霊

始源への眼差し――牧歌性の切断

英国の田園の美しさと英国性との関連についてこれまで述べてきたのは、ほかでもないトマス・ハーディ（Thomas Hardy, 1840–1928）の『帰郷』（*The Return of the Native*, 1878）という作品を論じるためである。ハーディの文学は英国南部のドーセットの田園地帯を舞台にしており、その作品のなかには牧歌的な田園小説の部類に入るものもあるが、彼の代表作のひとつである『帰郷』は、田園小説の骨格を保ちながらも、田園小説の牧歌性を突きぬけている。作品の舞台となるエグドン・ヒースの情景は、田園をめぐる表象空間のもつ牧歌性の伝統を断ち切っているのだ。ハーディは冒頭において夕闇のたちこめるエグドン・ヒースの情景をこう描いている。

じつのところ、厳密にいえば、この荒野がひたひたと夕闇にまぎれてゆく昼夜の交替するときから、エグドン独得のすばらしい景観がくりひろげられてゆくのである。こうした時ここにたたずんだ者でなければ本当にエグドン・ヒースがわかったとはいえまい。荒野の真実を知るには、野面《のづら》も定かには見えぬこの時にかぎる。ヒースの荒野の趣きを余すところなく語るのがこの時であり、これにつづく夜明けまえの数刻である。この時こそ、そしてただその時のみ、荒野は偽らぬ自らを語るのであった。この場所はまさに夜になずむ一つの姻戚であった。訪れる夜の姿が見えそめると、相互にひきあう親和の力が野辺にも夕影のうちにも、はっきり認められた。ただ陰欝にうち続く高くもない円丘と窪地のうねりが、むくむく起きあがって夕闇を迎えるさまは、まさに肝胆相照らすようであった。空がつるべ落としに暮色を投ずると、荒野も負けじと闇を吐く。幽暗模糊たる大気と大地とは、こうして引きつ引かれつ寄りあって、ついに漆黒の闇のうちに交わりを結ぶのであった。（五三―五四頁）(4)

昼の光が消えうせて、深い闇に包まれるエグドン・ヒースの情景は、この作品における場所《トポス》の特質を示している。エグドン・ヒースはあくまでも陰鬱であり、しかも夜の闇の訪れとともに不思議な生命力を示しており、漆黒の闇の訪れとともに現れる不可視の世界のなかから、「語り手」はあたかも霊媒者であるかのように、人間とその文明に深い敵意を抱く、不気味で、〈畏怖すべき自然〉の姿を呼びだしている。

土地の精神――アニミズムの言語

エグドン・ヒースという場所は、作者によって客観的な観察の対象として凝視されているのではない。エグドンは、断るまでもないことだが科学的な知によって対象化され、体系的な世界観の構図のなかに合目的に組みこまれた土地ではないし、またエグドンの荒野は個としての人間が抱える孤独や喜悦などの感情の投影される客観的相関物としての場所ではない。そこは崇高や秩序といった美的あるいは道徳的な観念性を付与されてはおらず、ロマン主義文学によって純化された新しい自然（＝風景）ではないのだ。

一九世紀の終わりがそろそろ意識され始める一八七八年に発表された『帰郷』において、このようにエグドン・ヒースはそれまでの自然をめぐる表象を断ち切るものとして現れている。人間が滅びる「最後のただ一つの危機」を待ちつづけるエグドンの原野は、無数の生命を育む「母なる大地」ではなく、逆に、文明社会の崩壊を待つ「原始的な大地」として描かれており、このようなエグドン・ヒースの出現により、ハーディ文学のひとつの特徴である自然と人間との調和は消失しているのだ。

『帰郷』冒頭に置かれているエグドン・ヒースの描写には、自然（もの）と人間（こころ）との呪術的な交感のなかに生きるアニミズム的な心性が感じられる。エグドン・ヒースは「血の故郷」とか「魂の土地」と名づけられるような共同体の歴史のなかから生成される神話的な空間のもつ物語性を孕んでいるのであり、この視点にたつと、人類の滅亡を願うエグドン・ヒースという自然は、先史時代以来のイギリス史の時空のなかに定位されていると見なすことができる。『帰郷』というテクストは、それが書かれた一九世紀の末葉という時代を遙か古英語の時代にまで遡り、『ベーオウルフ』という叙事詩とつながる要素をもっている。この怪物征伐の英雄物語には妖魔グレンデルが登場し、宮殿で夜毎に張られる華やかな酒宴にグレンデルは怒り、毎夜宮殿を襲って勇者を殺してしまう。また『ベーオウルフ』には「運命はつねに定めのままになりゆくものである」(5)という異教的な宿命観が見えているが、それは人間の力ではどうしようもない「宇宙意志」の存在を示そうとしたハーディの一連の「ウエセックス小説」におけるペシミズムと類似している。だがそういうこと以上に興味深いのは、『ベーオウルフ』においては沼にすむ怪物グレンデルは討伐される対象として位置づけられているが、「巨大でぶきみな怪物として活力化」(6)されている異教的な〈土地の精神〉であるエグドン・ヒースは、征服の対象ではなく、生命の始源の場所として位置づけられていることだ。討伐の対象である怪物という表象をあたえられた自然から、昼と夜とが溶けあう混沌《カオス》としての自然への回帰という、自然をめぐる視線の転換がここに実現している。では、そのような存在の根源としての場所は、いかなる言語によってとらえられているのだろうか。

言葉が金貨であるのか、あるいは贋金であるのかという言語に対する疑惑が、ジード『贋金つくり』に見られるように、二〇世紀文学の出発点に横たわっている。言葉と貨幣のアナロジーをハーディにおいても適用してみ

図II-1　ハーディの故郷ドーセットシャーの風景

ると、意味するものと意味されるもの、言葉と実在の一対一の対応を前提とする——あたかも金貨のような——リアリズム言語が存在するとすれば、ハーディはリアリズムという表象制度の危機を自覚していたと言えるだろう。闇のなかに浮かびあがるエグドン・ヒースの光景は、まるで霊能者の媒介によって死者と生者とが意思を通じあわせているような呪術的リアリティをもっており、また、そこにはあたかも果実の実りを促す呪文にも似た響きがこだましている。人影が途絶えた夜の闇の訪れとともに表れるエグドン・ヒースという場所の本性は、混沌《カオス》という黄金の輝きに包まれて名（＝言葉）と実（＝自然）が合一化するアニミズム的な言語によってとらえられているのである。

ジェンダーへの囲い込み

先に『トム・ジョーンズ』を論じたとき、人間という存在の両義的な意味、つまり一個の生命体として動物的に「存する」ことと、形而上的に「在る」ことの矛盾をトムが背負っていると指摘した。生命力にあふれる自然児トムの身体はあからさまに動物としての「固有性」を主張しながら、同時に身体は宗教や国家や民族の定める法に従属し、クリスチャンであるとか、イギリス人であるとか、白人であるとかいう「個」の意識を獲得しないかぎり、トムは存在の根拠を見いだすことはできなかった。これに対し、『帰郷』においてはユウステーシアというヒロインは、動物的に「存する」ことと、形而上的に「在る」ことの矛盾を自覚していない。ユウステーシアは孤児であり、祖父の家の建つエグドン・ヒースに住んでいるが、トム・ジョーンズ、デイヴィッド・コパフィールドとは異なり、親探しの旅・自分探しの旅のモチーフは見られないのだ。それに代わってユウステーシアというヒロインは、性的関係を基礎とした一対の男女の社会的結合である「結婚」というものによって、男性という他者に依存しなければ動物的に「存する」ことも、形而上的に「在る」ことも不可能である女性というジェンダーの矛盾を体現している。彼女の生の軌跡は、男性社会が女性に強いる女性というジェンダーへの囲いこみに対する反抗を示しているのである。

3　壁を越える女

異教の女

『帰郷』において、ハーディは自然と人間との抜き差しならない対立を極限まで押し進め、そこからユウステーシアという新たなヒロインを生みだしている。

エグドン地方には、毎年一一月五日の晩に農民たちが篝火を焚く祭りがあった。その晩、エグドン・ヒースの一角にある「雨塚」(古代ケルト民族の遺跡)に、夕闇のなかからひとりの女性が姿を見せる。彼女は谷間にたたずむ村の居酒屋を望遠鏡でのぞく。

> 遠く下手《しもて》の谷間には、居酒屋の窓からもれるかすかな灯がまだともっていた……彼女は左の手をあげた、手にはたたんだ望遠鏡がにぎられている。いかにも手なれた様子で、それをスルスルと引きのばすと、目にあてがいざま、彼女は居酒屋をもれる灯の方に指しむけるのだった……とうとう彼女は遠くをのぞく姿勢をすてて、望遠鏡をたたみ、くずれゆく燠火《おきび》の方に向きなおった。そこからはもう、これぞというほどの火も発散していない。ときたまいちだんと鋭い風のあおりをうけてパッとなる火屑はあったが、それも、乙女のはにかみのようにちらとほてって消えていった。(一〇六―一〇七頁)

ヒースの野に燃える妖しい篝火は、ユウステーシアの心にあふれる激しい情熱と反抗的な性格とに象徴的に結びついている。ユウステーシアが望遠鏡でのぞいていた居酒屋では、その若主人であるデイモン・ワイルディーブとトマシン・ヨーブライトとの婚礼の祝宴が開かれるはずであった。ところがユウステーシアはワイルディーブを自分のものにしようと企み、そのために望遠鏡で居酒屋の中の様子をうかがっているのである。

婚約者がいる男性を自分のものにしようとするような、情熱的で利己的な女性であるユウステーシアは、それ以前から「魔女」であるという噂をたてられていた。その理由のひとつは村人から見れば余所者でしかない彼女の出自(ユウステーシアの父親はギリシャ人の音楽家である)であり、いまひとつは村の若者の心を翻弄する彼女の女性性《セクシュアリティ》である。両親を失い祖父に引きとられてエグドンに住むことになったユウステーシアは、村人から見れば余所からきた流れ者に等しい存在であり、いずれ祖父が世を去る日がくれば、ユウステーシアは村を去っていくことは村人全員が知っている。ユウステーシアのような、いわば「村」が象徴する人間社会からはみだした女の居場所はどこにもないのであり、彼女が抱くパリへの憧れは、実は彼女にはどこにも行き場がないことの裏返しにほかならない。また、魔女つまり異教の女という烙印を押されているユウステーシアには性の放逸の匂いがつきまとっている。田舎の若い女にとっては、恋愛は結婚への道であって、戯れの恋にふけることは堕落への道であった。結婚という家制度の封じこめに反抗し、婚約者のいるワイルディーブを自分のものにしようと手管をつかうユウステーシアは、キリスト教の認める一夫一婦制度の下にあっては、その性的放縦ゆえに魔女の烙印を押されるしかないだろう。

「魔女」は、周知のとおり中世キリスト教社会のなかで災厄の原因とされていた。ユウステーシアの内面には、キリスト教によって追放された古代的世界が基底に横たわっているのであって、ヒースの野原に農民たちが焚く篝火は――その篝火が焚かれる「雨塚」と呼ばれる古代ケルトの遺跡が示すように――キリスト教伝来以前の古代の祭礼に起源を発しており、またユウステーシアの精神とも結びついている。しかし、その一方で、ユウステーシアは「望遠鏡」という近代天文学の道具（キリスト教の世界観を覆した）を携えている。彼女の内には、いわば〈古代〉と〈近代〉が背中あわせに存在しているのであり、彼女はジプシーの女カルメンのように異教的な情熱をもち、またその一方で一定の目的意識の下で明確な行動原理に従って生きる近代女性としての面も備えている。〈古代〉と〈近代〉はキリスト教の道徳・教義との対立という点では一致しているが、結局は両立できないものであり、この矛盾がユウステーシアの運命を決定していると言えよう。そして、古代と近代との橋渡しの役を果たせないキリスト教への懐疑は、作家ハーディを生涯にわたって苦しめた問題にほかならない。ハーディとキリスト教との関係について、アーヴィング・ハウは指摘している。

> キリスト教に背を向けるという行いは、おそらくハーディの想像力がどれほど深くキリスト教の影響下にあったかを、もっとも如実に示しているのである。棄教という転機は、否応なく道徳観の崩壊の危機を招き、キリスト教から受けついだ「献身」（現代的に言うなら「参加《コミットメント》」であろう[7]）という道徳的信念を脅かしたのである。

キリスト教との葛藤がハーディの想像力の基盤となっているのであり、『帰郷』という作品において、それは原始的な大地であるエグドン・ヒースの発見と連関しており、またユウステーシアというヒロインの創造にもつながっているのである。

図II-2　ハーディの生家

仮面の女

ユウステーシアがワイルディーブを自分のものにしようと画策していたとき、パリの宝石商で働いていたクリム・ヨーブライトが帰郷してくる。クリムがどんな青年なのか知るために、ヨーブライト家で演じられる仮面劇に、ユウステーシアは女であることを隠して出演する。トルコ騎士の衣装を着たユウステーシアの姿は、男女の性差という壁を越えている不思議な魅力を醸しだしている。

彼女は灯をともした。そこにあらわれ出たのは、頭のてっぺんから足の爪先まで具足に身を固めた色彩まぶしい男に早変りしたユウステーシアであった……わが身の男装を恥じる心が彼女の顔にまで現れたかどうかは見分けようもなかった、――なにしろ仮面芝居の衣装では、顔を隠すのに使われる細長いリボンの筋が中世時代の兜《かぶと》の透かし面頬を型どっていたから。（一八四頁）

彼女は異国の騎士の衣装をまとい、仮面で顔を隠し、立入りを許されていないヨーブライト家のなかに入っていく。男装して妖しい変身をとげたユウステーシアは、身分・地位・職業などによる差別が網の目のように広がる社会的人間関係によって決められる自己同一性《アイデンティティ》をかなぐり捨てているのであり、そこには人間一般が自らの存在の根拠としてきた性差の壁を越えるユウステーシアというヒロインの革新性（ジェンダーからの解放）が表出している。

ここでユウステーシアのかぶるトルコ騎士の仮面は、想像力のメタファーとなっている。仮面がもたらす変身によってユウステーシアは自分の身体を縛りつける、女性性を示す記号としての衣服から解放され、衣服と身体、文化と自然という二元論的世界を離れ、想像の世界にのびのびと遊んでいる。そしてユウステーシアに見られる「変身」のモチーフは、ハーディの芸術創造の秘密に触れている。「作品は作者の単一の声の表象でなければならぬというヨーロッパ近代の文学観」(8)のなかにあって、実在の背後に横たわる眼に見えない存在を感知する偉大な詩人であったハーディは、その表現行為の根底に、固定的な性別役割分担の制度や文化構造を相対化して突き崩すような、多声論的思考を据えている。ハーディにとって人を読むとは自然を読むことであり、場所と人間との関係性を読みとり、ハーディは土地とそこに生きる人間との対話を緻密に書きこんでいる。ユウステーシアとクリム・ヨーブライトの関係の推移のなかに、ハーディ文学の多声的な性格が表れている。

4　大地の絆

自然への回帰、自然への反逆

ユウステーシアとクリムは、それから激しい恋におちる。だが、その蜜月は長くはつづかない。ユウステーシアはクリムと結婚すればやがてはパリで暮らせると期待していたが、クリムはふたたびパリに戻るつもりはなかったからだ。彼は都会生活に幻滅して帰ってきたのであり、都会の喧騒に疲れたクリムの精神には、エグドンは慰安の場だった。

ユウステーシアとクリムの愛情は急速に冷えてゆき、ついに二人の心は離れてしまう。二人の関係の破綻にはエグドン・ヒースという荒野が作用を及ぼしている。クリムにとり、エグドン・ヒースは自分を受容する「恵みの大地」であり、彼はまるで世を捨てた隠者のようにヒースの野に逃避している。彼の姿には、近代社会から疎外された一個の人間が、自然の懐のなかに精神的救済を見いだすというロマン主義的な人生観が投影されている。

これに対し、ユウステーシアにとりエグドン・ヒースは都会に住みたいと願う彼女を幽閉する「牢獄」と意識されている。田舎の単調な生活を嫌い、パリに憧れるユウステーシアは、『ボヴァリー夫人』との類似性が指摘されている。(9) しかし、フロベールが批判したのが欺瞞的なブルジョワ社会だったのに対し、ユウステーシアが直面しているのはエグドン・ヒースという〈自然〉なのであり、このようなユウステーシアというヒロインはボヴァリー夫人のような生の倦怠にとらわれるだけではなく、環境に立ち向かおうとする生への意志を秘めている。ハーディはそんなユウステーシアをゼウスに反抗したプロメテウスになぞらえているのである（ユウステーシアの父親がギリシャの音楽家であることも、彼女の異端性と結びついている）。

ユウステーシアとクリムは自然に対する「反抗」と、自然への「回帰」というロマンチシズムの対照的な側面をおのおの担っている。そして二人の前にそれぞれ異なる姿を見せるエグドンの荒野は、いくつもの様相を示して作品空間のなかに広がっているが、そこには共通するひとつの特性がある。このヒースの原野は登場人物の置かれている状況と密接に関連しており、また、登場人物の行動はヒースの野原に生育する草木や野鳥、さらに野ウサギなどの小動物の生態と対比されていて、その結果エグドン・ヒースを媒介として、この作品は人間とその社会の現実を、真理の尺度を自我の内に置く近代的な個人主義ではなく、自我というものは環境との対話によって形成されるものであり、ひいては環境が人間の運命を決定するという思想に基づいてとらえている。エグドン・ヒースにおける人間と自然の関係をさらに探らねばならない。

大地の絆

ユウステーシアと結婚することになったクリムは、さっそくユウステーシアと暮らす住まいを探す。手頃な家を見つけ、ある日彼は家主と契約を交わしに出かける。それは、一日がかりの長い行程であり、エグドンの空には冷たい雲が走り、雨気を含んだ風が吹きつけていた。しばらく歩いた後、クリムはブナとモミの植林地に差しかかる。

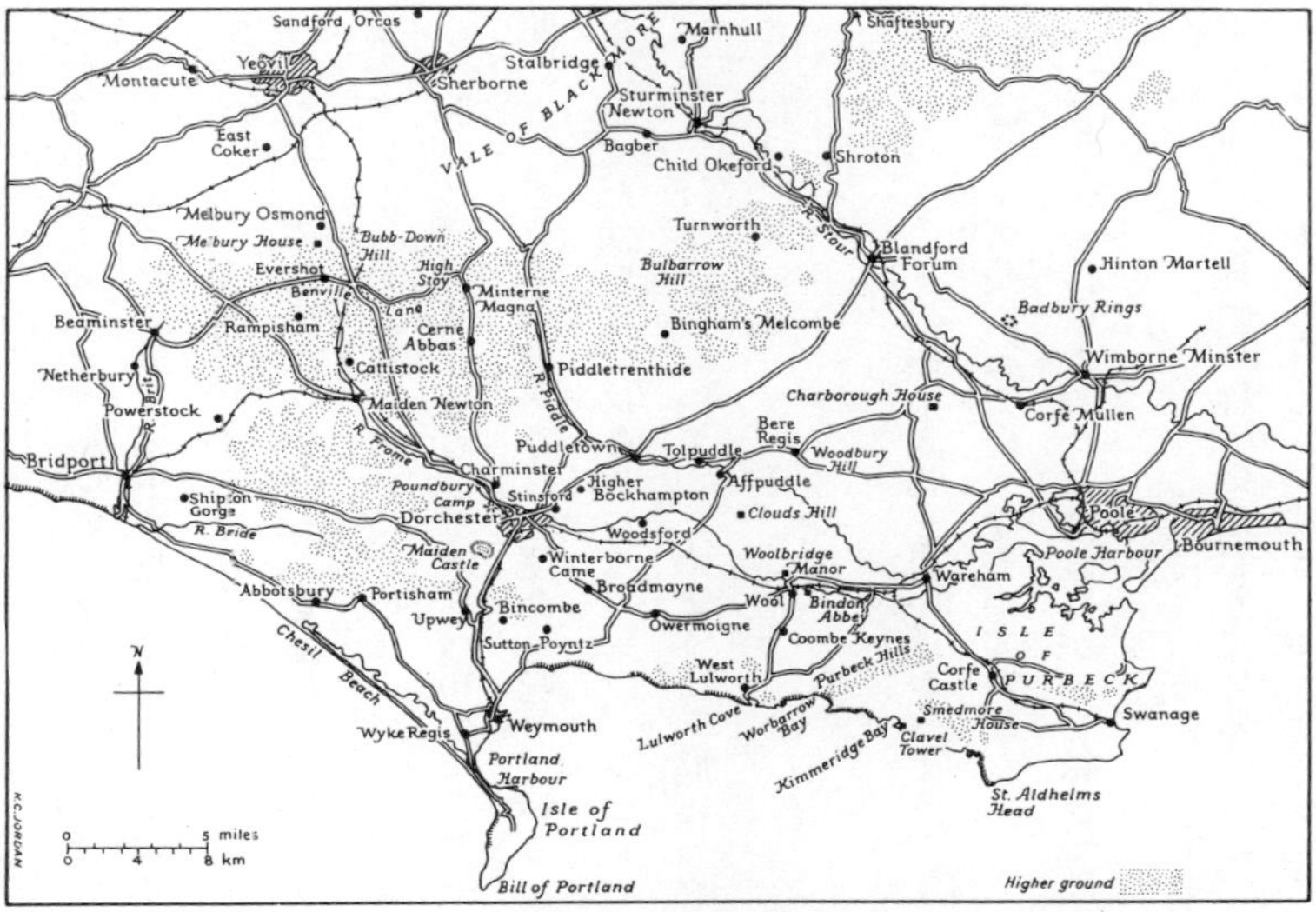

図II-3　ハーディ文学の舞台となったドーセット

ようやくクリムは、彼の生まれた年に荒野から区切って造られたモミとブナの植林地の端まで来てみると、ここでは樹木はしめった若葉に重くおおわれて、嵐に備えて大枝が切り払われる冬の木枯らし時よりも、もっとひどい損害を今受けつつあった。しっとりと濡れたブナの若木は、切断され、打ち傷をつけられ、そがれ、無残な裂傷を負ったりしている。そうした傷口からは、ここ数日間というもの、樹液がいたずらに出血しつづけるであろうし、またそれは、木が薪木に燃やされる日まで、ありありと傷痕を曝すことだろうと思われた。幹という幹は、根元をねじ曲げられ、その部分が骨窩《つぼ》にはまっている骨節のようにぐるぐるゆらいでいた。そして、強風に襲われるたびに、実際に疼きを感じてでもいるように発作的にぎしぎしと音をたてていた。（二六八―二六九頁）

六月というのに、エグドンには冬の木枯らしよりも烈しい風が吹きつけている。その風は、雨のために重くなった葉を茂らせているブナの若木には重い負担であり、幹は根元からねじ曲げられてしまい、また、多くの深い傷からは樹液がしたたっている。しかし、わずか数ヤード離れた原野では、ハリエニシダや荒野草《ヘザー》は同じ強風をうけながら、まったく違う様子を見せている――「それなのにヨーブライト（＝クリム）の左、数ヤードに広がる荒野では、嵐が歯ぎしりするほど荒れ狂っても何と無力なことだろう。木々を引き裂いたほどの突風も、ここではハリエニシダや荒野草《ヘザー》をかるく愛撫して波打たせるにすぎない（二六九頁）」。ブナを傷つける強風は、ここではまるでヒースを愛撫しているかのようである。エグドン・ヒースは、そこに自生する野草には優しい相貌を示しているのだ。環境に適応しているハリエニシダや荒野草《ヘザー》と比べると、風をうけて傷ついているブナの若木は、人間によってそこに植林された運命を呪っているかのごとく血のような樹液をしたたらせているのであり、その光景は、まだ幼いうちに孤児になりエグドンに連れてこられたユウステーシアの姿と重なりあっている。

ハーディ文学において、このように人間と自然とが照応関係にあることについて、エドウィン・ミュアは次のように述べている。

> ハーディの作中人物を思い浮かべようとすると、自然の変化以外はなんの流行にも従わない事物、たとえばヒースや岩石や樹木などの姿が浮かんでくる……ハーディの風景がおよぼす力はじかに自然に根ざしており、その作中人物たちはおたがいを結びつけている絆にも劣らない強い絆で大地に結びつけられている。(10)

ミュアが大地の「絆」に着目しているように、ハーディの小説において登場人物の性格は――エグドン・ヒースに帰るクリムとそこから脱出しようとするユウステーシアのように――大地との関係によって決定されているのであり、大地は人間社会の常識や道徳を相対化し、永遠の相の下に揺るぎない価値基準として存在している。それはロマン派の詩人の影響で「甘美で穏和な存在」[11]に化していた自然ではなく、また中世以来人間が自らの世界から排除しようと図ってきた「畏怖すべき対象」[12]としての自然とも異なっている。ハーディの大地の絆という観念は、宗教の原初的な形態としてのアニミズムを包含しながら、さらに環境としての自然に人がいかに関わるべきか、つまり自然に対して人はどのような態度や振る舞いをとるべきかという問いかけを含んだ新しい道徳学の方向性を指し示している。エグドン・ヒースという場所《トポス》は、自然賛美の名の下に人間が見るために生みだされ、美しく見られる工夫をほどこされた「景色」としてではなく、自然と人との共感的関係に基づく創造性を孕む場所《トポス》として定位されているのである。

図II-4　晩年のハーディ

無意識の場所

ユウステーシアとクリムの仲はまもなく破局を迎え、ユウステーシアは祖父の家に帰る。ユウステーシアはワイルディーブと駆け落ちを試みるが、彼女はエグドン・ヒースから逃れることを断念し、川に身を投げてしまう。このようなユウステーシアについて考えるとき、トニー・タナーの言葉は示唆に富んでいる。彼は、捨て子、孤児、部外者《アウトサイダー》などが主人公として登場する小説について触れた文章のなかで、[13]一八―二〇世紀にかけてのほぼ三〇〇年に及ぶ小説の歴史のなかで、『トム・ジョーンズ』、『マンスフィールド・パーク』、『虚栄の市』、『ある婦人の肖像』、そして『息子と恋人』などのように、社会的な地位を持たない（あるいはそれが定まっていない）主人公が社会的なアイデンティティを求めて彷徨する作品がイギリス小説の骨格を形成していると指摘している。

近代社会からこぼれ落ちた捨て子、孤児、部外者《アウトサイダー》などの主人公たちの系譜のなかにユウステーシアを置いて見ると、彼女は孤児という出自においては類似しているが、彼らとは決定的に異なる側面をもっている。ユウステーシアはトルコ騎士に変装するエピソードに見られたように、社会的なアイデンティティというものを求めるのではなく、その逆にアイデンティティというものの虚構性をあばき、さらに女性をジェンダーのなかに封じこめる近代社会への抗議を発している。このようなプロメテウス的な反逆性をもつユウステーシアの眼を通して初めて、自然は人間の運命を決定する〈環境〉として把握されている。エグドン・ヒースは、次の指摘にあるように、あたかもゼウスのような支配力を人間に振るい、その運命の糸を操っているのだ。

> 背景が人物と交感を保ち、調和し影響し一様に悲惨な運命へと導く結果は、われわれは読過の際、自然が人間を弄んでいるという印象を得る。Hardyの描くエグドンが真に迫る具体性を有すれば有するだけ、そこに蠢めく人間は宿命的にエグドンに支配され糸を操られているという感銘を受けざるをえない。こうして『帰郷』を待って最も力強く創造されたものはユウステーシアのような一個の性格というよりも、千古に変わらぬ懐《ふところ》にたまゆら蠢めいては消え去る人間に一顧をも与えることなく、久遠に無感動で不吉な悪意を抱いている陰惨なエグドンなのである。(14)

『帰郷』という作品においては、エグドン・ヒースという場所が、単なる背景にとどまらないばかりか、登場人物を動かす実質的な作品の主役となっていることが指摘されている。しかし、『帰郷』において、エグドン・ヒースのもつ支配性より注目すべきことは、エグドンの不気味で不吉な相貌が、ただユウステーシアによってのみ認識され、ユウステーシアという存在の〈無意識〉の世界のメタファーとなっていることである。ユウステーシアは破滅へと進んでいく過程で、徐々にエグドン・ヒースと自分との深いつながりを認め、ついにエグドン・ヒースからの脱出に失敗したときに、心のなかに〈内なるエグドン〉を発見するのである。

人間の文化的な営みは、人という存在が自然のなかに埋没しようとせず、自然を超えようとする意思をもっているところから生まれると言われる。人間は構造的に自然であるだけではなく、自己の内部に自然を超えようとする能動的な主体性を秘めている。しかし自然の世界のなかに異質な構造を作りあげる非自然的存在である人間精神のなかには、夜と昼が融合しているような混沌としての自然（無意識）が存在しており、それが意味の集積としての人間とその社会を支えていることを、ユウステーシアとエグドン・ヒースのアニミズム的な共感関係は語りかけている。彼女の安らかな死に顔は、宗教や国家や民族の定める法のなかではなく、エグドン・ヒースという〈無意識〉の場所に、彼女が内なるアイデンティティを発見したことを告げているのである。

第三章　〈闇〉の輝き――コンラッド『闇の奥』をめぐって

1　はじめに

闇の暗さと深さ

いつから光が文明や進歩で、闇が野蛮で自然という図式が常識となり、メタファーにもなったのだろうか。もともと電気が発明される以前の前近代の農村や中世の街並みでは、昼の光と夜の闇とはあたりまえの生活経験であり、それは必ずしも文明と自然、文化と無秩序の対立と結びついていなかったのではないか。昼の労働から解放される夜というものが、愛や性の営みの場所であるとすれば、そこには昼の認識に並ぶ夜の認識があり、人という存在を支えているはずだ。日の光の下で対象を秤や物差しの目盛りで認識する視覚的な知とは異なり、夜の認識は、漆黒の闇のなかを飛翔する想像力の翼と結びついているのである。

しかし、ヨーロッパ近代においては夜のなかに明かりをともすことによって、昼の生活を無限に夜に延長させて、「文明とは夜に対する昼の侵略である」[(1)]と言えるような状態が起きている。見ること、計測することに立脚する科学的な知が重視される「視覚の時代」においては、光（＝文明）と闇（＝未開）の対立構造ができあがり、その狭間のなかから、まだ内陸部がほとんど知られず、文明も遅れていると考えられてきたアフリカに対する暗黒大陸（the Dark Continent）という呼称も生まれてきたのであろう。だが、これに対し一九世紀末から二〇世紀に入ると、光と闇の対比を突き崩すようにヨーロッパ世界を抜けだし辺境に認識の活路を求める作家たちが現れてきた。スティーヴンソン（南太平洋）、D・H・ロレンス（オーストラリア、メキシコ）、E・M・フォースター（インド）などの作家の名が浮かぶ。(2) そして彼らと並んでジョウゼフ・コンラッド（Joseph Conrad, 1857-1924）の名もまた加えられねばならないだろう。コンラッドはアフリカの中心部であるコンゴの奥地を見聞し、そこから作家になる道を歩んでいるのだ。旅を契機とし、外へ向かう想像力を起動力としてコンラッドは自己と世界をめぐる認識に導かれているのであり、それは『闇の奥』（*Heart of Darkness*, 1899）という作品に如実に表れているのである。

真の夜の闇、手つかずの深い自然の闇は、理性や人間の英知を無力にさせ、文明世界と言われる場所に住む人間には、底なしの深淵をのぞきこむような恐怖をよびおこす。だがヨーロッパというキリスト教世界から、薄暗い密林のなかに分け入ったコンラッドは、じつは光（文明）の世界が表層を表すものでしかないことを、またそれが未開として蔑まれている「植民地」という場所の上に成立していることを、目に見えない闇の深層の貌を見つめることによって知覚した。『闇の奥』におけるきわだった光と闇のコントラストは、近代と前近代、文明と自然、文化と野蛮という従来の抜き差しならぬ対立図式を、新たな表層と深層の相互浸透的関係として描いているのである。

このようなコンラッドの創作姿勢は、大英帝国の被支配地域であった植民地の視点からヨーロッパ近代の歴史の見直しを迫るポスト・コロニアリズムからも注目されている。アフリカに文明の光明をもたらすという宣教師的な理想に燃えてコンゴの密林に赴いたクルツの発する「蛮人どもを皆殺しにしろ」という叫びは、「文化と文化の遭遇が内包するもろもろの危険を研究する」ことを目的とするポスト・コロニアリズムの出発点を指し示していると言われている。[3]「従属する人びと《ザ・サバルタン》の視点、つまりごく初期段階のネイションに足蹴にされた負け犬の視点から、帝国主義の歴史を語りなおすことによって、歴史記述法の再定義を試み[4]」るとき、『闇の奥』は創造的な読みを可能にするテクストとして見えてくるのである。

本論では次の二つの方法をとることによって、『闇の奥』を読み解いてみたい。

(一)デフォー(Daniel Defoe, 1660?-1731)『ロビンソン・クルーソー漂流記』(*The Life and Strange Surprising Adventures of Robinson Crusoe*, 1719)と比較論述すること。

(二)『闇の奥』の語り手マーロウの果たす役割を、コンラッドにおける世界認識の方法として理解すること。

まず、『ロビンソン・クルーソー漂流記』という「ヨーロッパ世界の拡張」の神話とも言える作品について言及したい。ロビンソンと彼の父親との関係を軸に設定し、さしあたり『闇の奥』とは切り離して、『ロビンソン・クルーソー漂流記』を単独に扱い、その後に『闇の奥』との比較論に入ることにする。

2　デフォー『ロビンソン・クルーソー漂流記』

父の訓戒

ロビンソン・クルーソーは、無人島における生活を語る前に、読者に向かって自分の父親の思い出を述べている。この父親は、冒頭に姿を現しているのだが、『ロビンソン・クルーソー漂流記』という小説を考えるとき、けっして無視できない存在である。

ロビンソンの家は裕福で、社会的には中産階級（あるいは下層上流階級）に属している。父親はゆくゆく息子を法律家にしたいと考えていたが、当の息子のほうは、船乗りになって外国へ航海し、一か八かの荒稼ぎに乗りだそうとしている。そのことを知り、父親は懸命に息子を引き止めようと、切々と訓戒する。

父は私に、単なる気紛れ以外に、父の家や自分の国を離れようとするのにどういう理由があるのか尋ねた。ここにいれば、私は然るべき後援の下に、努力によって出世し、安楽な生活を送ることが出来るのだった。外国に行って、各種の冒険をして普通の人間とは違った具合に名をなすのは、窮迫してどうにもならない人間か、或いは非常に大きな野心を抱いた、優れた人間か、いずれかがすることだった。そういうことは、私には望めないことか、或いは私には卑しすぎることだった。私のはその中間の身分、或いは下級の階級の上層ともいうべきもので、父は長い経験によって、それが一番いい身分であることを知っていた。（二七―二八頁）(5)

この親子のやりとりには、一時の情熱に駆られて無謀な行いに走る息子と、それを戒める思慮深い父というどこにでも見られるような対立構図が見られるが、注目されるのは、父親の言葉のなかに明確な階級意識が表明されていることだ。上流と下級の「中間の身分」の有する社会的な利益を熟知したうえで、ロビンソンの父親が主張してやまないのは、中産階級の人間だけが享受している平凡な生活がもつ意義である。つまり、別に「偉大な事業」をなしとげるわけでもなければ、「人生の不幸」に苦しんでいるわけでもなく、「野心を抱いた、優れた人間」でもなければ「窮迫してどうにもならない人間」でもない中流の普通の人間が、じつは最も充実した生を実

図II−5　『ロビンソン・クルーソー漂流記』第4版（1719年）の口絵

現しているのであって、ひいては英国社会を担う中核的な存在であると、彼は主張しているのだ。

『ロビンソン・クルーソー漂流記』という「最初のイギリス小説[6]」と言われているテクストは、漂流物語という形式のなかで、中産階級のなかの「父」の出現を契機にして物語が始まり、この父の存在がロビンソンに大きな影響をあたえている。

父への同一化

『ロビンソン・クルーソー漂流記』は、一人称の語りによる回想記の形式をとっている。絶海の孤島での三〇年ちかい漂流生活を描いたこの小説において、ロビンソンは無人島で生活する主人公の役割を演ずるとともに、語り手として過去の経験を回顧し、それを現在の自己の眼で見つめて、明晰な意味づけ作業を行っている。父に背いて放浪の旅に出た昔のロビンソンが、やがて堅実な中流階級の一員としての自己を取り戻して現在のロビンソンへと変貌するまでの、自己回復の主題がこの小説を貫いている。ロビンソンはこの自己回復の過程で父親の価値観を身につけ、父親と同一化していくが、注意しなければならないのは、そのとき同時に中産階級のもつ別の側面が示されていることだ。

無人島のなかで、厳しい未開の自然に囲まれながら、ロビンソンは絶望や不安に挫けずに合理的・計画的に生活を形成していく。彼は丘の下に小屋を建て、畑をひらき、野生の山羊をとらえて家畜として飼う。島の中で新たな生活を作りあげていく過程で、彼が中産階級の勤労と節約に基づく生活様式の堅実性を示していることは周知のとおりである。だがそこにはロビンソンの父親が語らなかった中産階級の排他性も露呈されている。この排他性（あるいは攻撃性）は、ロビンソンが無人島に築く住居の有り様が如実に示している。それは決して原始的な住居ではなかったし、牧歌的で開放的なものでもなかった。野獣や原住民などに備えて幾重にも柵をめぐらしているロビンソンの家は、次の指摘にあるように、外部の世界の侵入を遮断する排他性を備えているのだ。

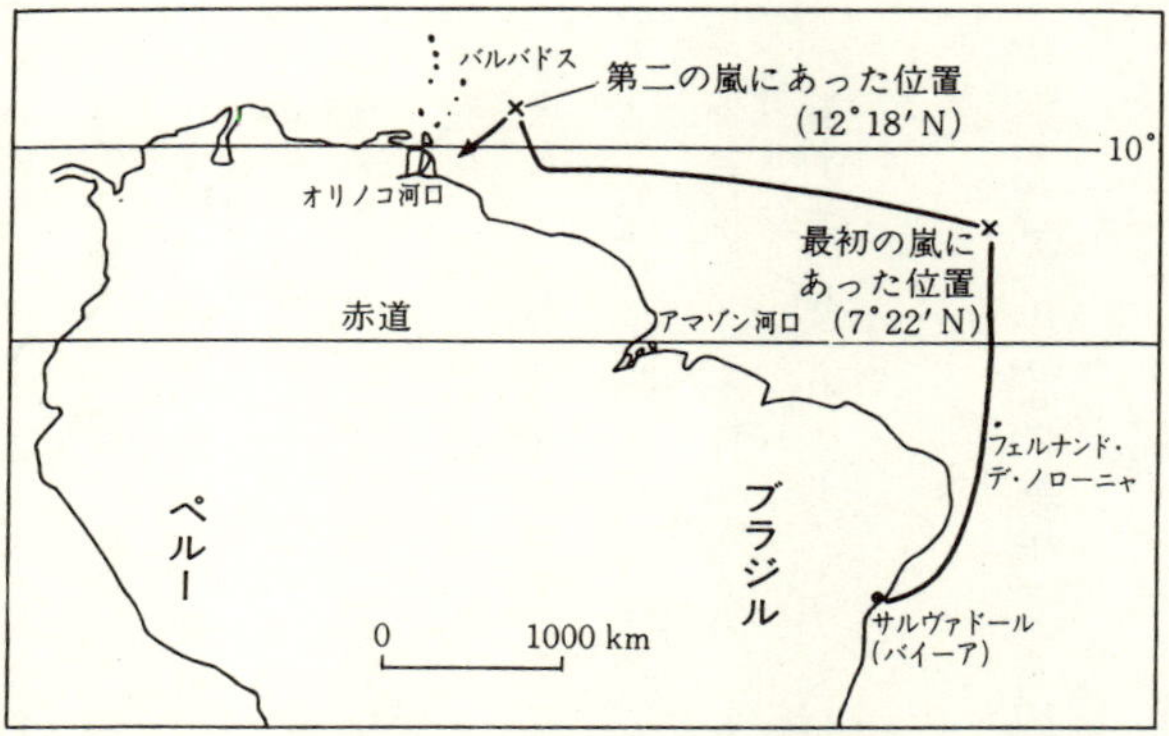

図II-6　ロビンソンの航海と難船

> 彼（＝ロビンソン・クルーソー）は、一定の広さの土地を画してこれをいわば囲い込む。その当時のイギリスで用いられていた表現を用いると、エンクロウジュアを作る。その中程に家屋を建ててここに住む。そして、このことは彼がこのエンクロウジュア内では排他的な支配者であることを意味している。エンクロウジュアの内側には畑がつくられ、小麦やその他のものが収穫される……そうして作り出された物資のうち、自分の精神と肉体の再生産に必要なものは惜しげもなくそのために消費するが、しかしいやしくも浪費ということはしない。この勤労と節約、それに加えて彼の生活ぶりにはきわめて冷徹な合理性がある。(7)

ロビンソンの父親が礼賛する中産階級の平凡な生活は、見方を変えると「エンクロウジュア」の内側に住む支配者のものと言えるだろう。

中産階級のもつ支配者としての排他性は、英国という文明社会の中では、一定の社会秩序の枠内におさまっているが、未開の無人島という極限的な状況下においては、きわめて攻撃的なものと化してしまう。このことはロビンソンが未開の孤島のなかで、銃という近代的な兵器で武装していることが端的に示している。彼はエンクロウジュアの中の支配者にとどまっているのではなく、外界をも支配する「島全体の君主」として存在しているのだ。島にいる生き物たちを「領民」と見なして、ロビンソンは語っている――「私は島全体の君主で、その領民の生殺権を完全に握っていた。私は領民どもを殺すことも、自由にしてやることも、監禁することも出来て、彼等の中に謀叛人は一人もいなかった（一五七頁）」。ここには中流階級の一員としてのロビンソンではなく、冒険物語という文学形式――つまり、「白人ヨーロッパ諸国の膨張的帝国主義動向(8)」の反映としての文学形式――の主人公としてのロビンソンの性格が表れている。ロビンソン・クルーソーは中流階級の一員としての自己を回復し、父親との精神的な同一化を果たしただけではなく、中産階級的な限界を超えた人間に変貌しているのだ。

3　小説の誕生する場所《トポス》

意味づけるということ

『闇の奥』への入口として、『ロビンソン・クルーソー漂流記』を一瞥した。いま見たとおり『ロビンソン・クルーソー漂流記』は、一人称の語りによる回想記の形式をとっている。ロビンソンは無人島で生活する主人公の役割を演ずるとともに、語り手として過去の経験を回顧し、それを現在の自己の眼で見つめて、一定の意味づけ作業をおこなっている。〈私〉の過去の体験を、現在の〈私〉

が読者に伝えるという「語り」の構造には、揺るぎない一枚岩のような一元性があり、そこから統一された世界像が形成されている。

それに対し『闇の奥』という作品は、マーロウという老船長が「語り手」として登場し、彼の船乗り仲間たちを聞き役にして、若き日のコンゴでの自身の体験を語りだすという語りの構造を採用している。そしてマーロウという語り手は、〈私（＝マーロウ）〉の過去のコンゴにおける体験を、現在の自分の眼から伝えるとともに、〈私〉が密林の闇の奥で出会ったクルツという人物の身に起きた出来事を伝えるという二重の役目を作者コンラッドによって負託されている。『闇の奥』においては語り手マーロウと物語の主役クルツとは不可分にもつれあい絡みあいながら、巧妙に分離されている。それはコンラッドの世界がデフォー的な統一化された一元性を喪失し、主体としての個が、日常―異常、表―裏、良識―狂気、意識的な自己―無意識的な自己などといった二つの極によって分裂化していくこととつながっている。

図II-7　コンラッドが乗船したコンゴ川の河船

この分極化のベクトルは『闇の奥』の構成においても歴然と表れている。『闇の奥』という作品はその構造上から二分することが可能であり、前半はテムズ河口を出立したマーロウがコンゴ川を遡行し、ある貿易会社の奥地出張所に到着するまでを扱っている。出張所にはクルツという支配人が病の床についていて、彼を密林の奥地から無事に救出するのがマーロウの任務であった。この前半のマーロウは、ちょうどロビンソンのように語り手＝主役の役割を果たしていると言えるだろう。ぼろぼろに老朽化した小型汽船を巧みに操縦しながら、密林の奥をめざしコンゴ川を遡行していくマーロウは、さながらロビンソン・クルーソーのような冒険小説の主人公といった観がある。しかし漂着した島の自然に打ち勝ち、そこを自分の世界へと変革していく近代西洋の「神話的ヒーロー」(9)であるロビンソンと異なり、マーロウは密林の原始の世界に、その鬱蒼と茂る森林や黒人の太鼓の響きに徐々に魅せられていく。

密林の闇の奥は、測りがたい静寂がおし包む原始の世界であり、船はあたかも原始の夜をさまようかのようである。文明は亡霊となり、滅びたはずの原始が永遠の生命に満ちて実在している。密林の奥で神秘な生命力にあふれ踊り叫ぶ原住民たちを見て、マーロウは驚異の念にうたれる。文明の世界を現在とし、原始を過去と見なしてきたマーロウは、いま実在する原始と直面し、未開人たちとの「血縁」を認知せざるを得ず、この事実に恐れおののく――「だが、僕等のもっとも慄然となるのは、――僕等と同様――彼等もまた人間だということ、そして僕等自身と、あの狂暴な叫びとの間には、遙かながらもはっきり血縁があるということを考えた時だった。醜悪といえば――そうだ、たしかに醜悪だった（九六頁）(10)」。忘れていた原始が自己の内と外に実在する――これこそマーロウがおののき、そしてクルツを破滅させた悪夢であった。

やがて後半に入りクルツが登場すると、マーロウは主役の座をクルツに譲る形になる。マーロウは主人公から一転し、ちょうど『帰郷』の冒頭でエグドン・ヒースの闇の光景を呼びだしたハーディのように、クルツという人間の心の中に広がる不気味な闇を呼びだす一種の霊媒師の役割を果たすのだ。マーロウが密林の奥で会ったクルツという人物について、見つめてみよう。

闇の輝き

クルツはアフリカに文明の光をもたらすという理想に燃えて、ある貿易会社のコンゴ出張所の勤務についた人物である。だが、暗黒の大陸に文明の光明をもたらすという彼が掲げた宣教師的な理想とは裏腹に、皮肉にもクルツは密林の原始の世界に魅せられて、ついにはそれに同化してしまう。文明の使者として密林に来たクルツは、内なる原始に目覚め翻弄されてしまうのだ。そのあげく彼は神として原住民たちのうえに君臨し、象牙狩りに狂奔してしまう。クルツの命令に従わない者は叛逆者として殺されてしまうのだ。杭の先端に乾涸びている彼ら黒人たちの首は、暗い恐怖の世界にほかならぬクルツの心の荒廃のシンボルであり、マーロウはその首を見て、クルツの精神の闇を見る思いがする。そしてクルツの無惨な堕落のなかに、マーロウは文明人と自らを称している人間の内なる空虚、知らぬまに忍びよる「人格の空洞化」という現象を読みとる。

だが、荒野はすでに早くからそれを見抜いていた、そして彼の馬鹿げた侵入に対して、恐ろしい復讐を下していたのだった。思うに荒野は、彼自身も知らなかった彼、――そうだ、それは彼自身もこの大いなる荒野の孤独と言葉を交すまでは夢想さえしなかったものだが、――その彼に関して、いろいろと絶えず耳許に囁きつづけていたのだった、――しかもこの囁きは、たちまち彼の心を魅了してしまった。彼の胸の奥底が空虚《うつろ》だっただけに、それはなおさら彼のうちに声高く反響した。(一三一頁)

クルツは半分イギリスで教育を受け、母親は混血のイギリス人、父親は混血のフランス人であり、いわばヨーロッパ全体が集って彼を作りあげていた。クルツの精神的な転落は、ヨーロッパ世界が一九世紀末に抱えていた植民地支配の矛盾として描かれている。ロビンソン・クルーソーが未開人のフライデーを召使いにするのとは対照的に、『闇の奥』にあってはヨーロッパ文明が未開の世界から、その精神的退廃と帝国主義支配の非人道性を告発されているのである。光が文明や進歩で、闇が野蛮で自然という図式はこの時もろくも崩れ去り、闇を光によって消滅させることを文明の進歩と見なしてきた進歩主義史観は根底から批判されている。

『闇の奥』においてコンラッドは、このように原始の闇への共感と怖れを基点としてヨーロッパ文明を批判している。コンラッドがクルツのなかに見た深い闇、——それはニーチェが『悲劇の誕生』で洞察したディオニュソスの世界や、フロイトが精神分析の対象として発見した無意識という心的世界、そしてまたマルクスが人間社会のなかに見た下部構造の世界などと通底している。だがコンラッドはコンゴの密林の奥に、闇への通路、つまり夜の認識への入口を発見しながら、そこにまたアナーキーが内在していることを暗示している。

このような闇（無意識）への幻視から生まれたコンラッド文学は、現代文学を切り開いた「意識の流れ」の創始者ジェイムズ・ジョイスの文学とつながる要素をもっていると言えるだろう。しかし、ジョイスに見られるような、「近代とは崩壊と新生を絶えず経験し、しかもその無秩序のなかに何とか故国を作ることだ(11)」という認識からは、コンラッドは一歩距離を置いたところに立っている。ジョイスとコンラッドはともにそれぞれポーランド、アイルランドというヨーロッパ列強の半植民地という場所で生を享け、ともに最も現代的な病である故郷なき精神の持ち主でありながら、混沌と無秩序を見つめる姿勢において隔たっている。闇の可能性を認めながらも、コンラッドの闇への恐怖はそれを上回っていたのであり、それはクルツの死を見届けたマーロウがロンドンに戻り、クルツの婚約者と会う最終場面に示されている。

闇への恐怖

クルツの死後ヨーロッパに帰ったマーロウは、クルツの婚約者を訪ねる。彼女は「偽りを知らぬ、深遠な、そして信頼に溢れた（一五七頁）」瞳の持主であり、堕落以前のクルツしか知らず、彼をいわば天使と信じている。彼女は心の支えとするためにクルツの最期《いまわ》の言葉を聞きたがるのであった。マーロウは恐怖に胸をしめつけられ、その時クルツの最期《いまわ》の言葉「地獄だ！　地獄だ！（一四九頁）」がマーロウの耳許に響く。しかしマーロウは彼女に向かいクルツの最期の言葉は彼女の名前であったと嘘を言う。この場面は作品を通じるアイロニーの頂点を形成しており、マーロウは彼女の精神の無垢が原始と同次元のものにすぎぬことを思い知らされる。つまり文明を知らぬ原始は闇黒だが原始を知らぬ文明もまた闇黒にほかならないとマーロウは認識するのだ。この場面でマーロウはロンドンという文明の中心地において、クルツの幻を見て、荒野の闇黒の来襲に怯えるのである——「僕の眼の前に、彼はまざまざと生きていた……それは荒野の勝利、復讐にはやる荒野の凄まじい来襲の一瞬間だった（一五五—一五六頁）」。

　この「荒野の勝利」を前にしたとき、かりにマーロウがクルツの一生にあたえることができる意味というものがあるとすれば、それはクルツの死が無意味であったということ、あるいは不可解であったということ以外にはないだろう。マーロウという語り手は、いわば「語る」という行為の不可能性に直面しているのであり、こうした語れないことを語るというジレンマを背負う語り手マーロウの創造は、『闇の奥』という作品の主題がそれまでの伝統的リアリズム小説とは画然と異なっていることを示している。コンラッドにおける複雑な語りの構造は、〈私〉という視点から統一的な世界像を結ぶことはもはや不可能なことを読者に示す周到な工夫、あるいは巧みな仕掛けなのであり、人間という存在は——ベケットの小説『名づけえぬもの』が主題化しているように——意味づけるという作業をいくら積み重ねても、身のまわりに起こっている事態の全体がまったくわからず、細部は鮮明に見えるのだが言葉による意味づけのきかない「闇の中」にあることを示している。

図II-8　当時のコンゴの中心地レオポルドヴィル

「語り」の構造——曖昧性をめぐって

こうして「名づけえぬもの」を語ることを試みる『闇の奥』という作品は、意味づけるという作業の不可能性を主題化しているだけに、必然的に曖昧性を孕んでいる。『闇の奥』だけでなくコンラッドのテクストは、その主題と語りの方法ゆえに、おしなべて曖昧模糊とした霧に包まれている印象をうけるが、『インドへの道』の作者E・M・フォースターは、コンラッドのエッセイ集を俎上にあげて、次のようにコンラッド文学への批判を投げかけている。

> これらのエッセイが示すのは、彼（＝コンラッド）が周辺と同様に中心部も霞《かすみ》のごとくあいまい模糊《もこ》としているということ、そして彼の天才の秘密の宝石箱《キャスケット》にあるのは宝石にあらずして水蒸気であるということである。彼を哲学的にとやかく中傷する必要はない。というのも哲学的には何一つ書くべきことがないからである。事実、信条の一

図II−9 コンゴの風景

つだにない。あるのはただ意見であり……海にとりまかれ、星をいただき、永遠のような顔つきをしているがゆえに哲学的信条に見えるにすぎないのである。[12]

フォースターの評言は意地悪と言ってよいほど手厳しくコンラッドを批判しているが、[13] ここには小説言語が対象とする「もの」をめぐる二人の相違がくっきりと浮かびあがっている。言うまでもないことだが、あらゆる「もの」は言葉によって人間と関係づけられ、言葉の意味化作用によって人間の世界に組みこまれ、その結果、人間によって認識される「もの」として存在している。しかし、コンラッドにあっては、コンゴの密林の世界はけっしてそのような了解可能な世界ではなく、それまでの西洋的な知が築きあげた言語《ロゴス》の体系によっては解釈がなしえない不可解なものとして映っている。クルツにとって闇の荒野は絶対的に未知なものであったように、密林の闇のなかでコンラッドは真理というものが不可解なものとしてしか認識することができない場所《トポス》に立っている。彼はフォースターが非難しているような、人間は真理を認識することができないという不可知論を語っているのではなく、真理と不可解なものが必然的に結びつくこと、世界をどのように解釈するにしても、解釈の網の目から逃れてしまう残余があり、この不可解なものでありつづける残余を見つづけることへの不安と怖れを、コンラッドは語っているのである。コンラッドの語りの構造について、サイードは指摘している。

過去を回想する語り手と実際の物語とのあいだには、永遠に越えられない壁が存在している。しかし、小説家にとっては、壁の存在は無視してすませるわけにはいかないものであり、この謎めいた障壁は、その後の作品において展開されているように、コンラッドの小説を支える重要な一要素となっている。(14)

コンラッドの作品に漂う曖昧性とはサイードが分析しているように、コンラッドにとり小説世界を作りあげていくうえで不可欠な要素だったのである。

真の自己、内なる自己――マーロウとクルツ

コンラッドのテクストが曖昧性というものを不可避的に必要としていることを述べたが、コンラッドは曖昧性を浮かびあがらせると同時に、この曖昧性を打ち破るもの、あるいは曖昧性の拡大を防ぐ仕掛けとして、『闇の奥』においては、クルツの物語を補完するような第二の物語を用意している。それはほかでもないマーロウが演じる「自己発見」を主題とする物語である。クルツが原始に目覚めて無へと転落するのに対し、マーロウは原始との内なる絆を認識しながらも、闇のなかをさまようことはない。そこにはマーロウの精神的な葛藤と、それを克服することによる人間的な成長があった。

マーロウには、水路を探し船長として船を進める仕事があり、これだけでも自分を見失わないためには充分だ

ったと彼は語る。さらにマーロウは、この後すぐ、老船乗りの書いた実直な研究書を密林で拾った時、紛れもない真実にぶつかったような気持をあじわう。マーロウは、仕事に打ちこむことに人間の在るべき姿を見いだし、そこに精神的な拠り所を求めている。仕事という場において、「他人にはついにわかりっこないほんとうの自分」を発見できるとマーロウは語っている。

なにも仕事好きじゃない、――誰だってそうさ、――ただ僕にはね、仕事の中にあるもの――つまり、自分というものを発見するチャンスだな、それが好きなんだよ。ほんとうの自分、――他人のためじゃなくて、自分のための自分、――いいかえれば、他人にはついにわかりっこないほんとうの自分だね。世間が見るのはただ外面《うわべ》だけ、しかもそれさえほんとうの意味は、決してわかりゃしないのだ。（八五頁）

マーロウの発見した「ほんとうの自分」と、クルツの見いだした内なる自己との間には、天と地の開きがある。そこにライオネル・トリリングは近代という時代の根本的な矛盾を見いだして、マーロウ的な「誠実」という理念からクルツ的な「本物」という理念への不可避な移行を読みとっている。(15) しかしコンラッドは、クルツの精神の闇を封じこめるべく、マーロウのもつ船乗りとしての職業倫理をさらに深めていくのである。

忠誠の観念

マーロウの一行は、原住民を何人か臨時船員として徴集していた。彼等も持場さえあたえてやれば立派な船乗りであった。マーロウは彼らにも船乗りとしての人間的連帯感を抱く。黒人の操舵手が殺されたとき、マーロウはその死を悲しみ、二人の心の間に微妙な心のつながりができていたことに気づく。黒人が死ぬとき見せた親愛に満ちた表情は、「いわば人生至上の瞬間に突如として確認される遙かな肉親のつながりのように（一一九頁）」マーロウの記憶に蘇やかに残った。マーロウはこのとき船乗りの倫理というものを、人種の相違、原始と文明の対立を超え、人と人を連帯意識で結びつける絆として認識している。船乗りのモラルが象徴する職業倫理とは、キリスト教的博愛主義が植民地支配の実態を隠す偽善的なものとして告発されていたのとは対照的に、きわめて大きな意義をコンラッドによってあたえられている。

ロビンソン・クルーソーは父の説く価値観を受けいれ、父と同一化を果たし、そして父の存在を媒介にして神の声を聞いている。これに比べるとマーロウとクルツはともに父（＝キリスト教的ヨーロッパ）への信頼を失っている。その結果クルツは原始的な動物性に目覚め、人肉を口にするまで堕落してしまい、一方マーロウは優秀な船員としての職業意識に固執する。しかし、それだけにとどまらずマーロウが信奉する職業倫理というものは、コンラッドによって道徳論の範囲を超えて、一種の宗教と言えるまでに神聖化されている。コンラッドは自己の文学世界における、古風な道徳主義についてこう語っている。

わたしの読者は、この世界は――この束の間の世界は、二、三の極めて単純な観念にもとづいているというわたしの信念を知っておられよう。そのような観念はあまりにも単純なので、山々のごとく古いに違いない。中でもとりわけ、それは「忠誠」という観念にもとづいている。(16)

「忠誠」の観念を発見するマーロウと、荒野の暗黒を凝視するクルツ。二人の存在は様々なレベルでコンラッドのテクストが一元的な統一化ではなく、多元的な分裂化の方向を示していることを語っている。そしてここで注目されることは、語り手―語られる物語、倫理―退廃、光―闇、西洋―アフリカ、等々といった対立構造が、や

図Ⅱ-10　コンラッドが初めて船長になったオターゴ号

がて克服されて新たな価値の創造へつながるものと見なされていないことだ。コンラッドはこれらの対立を統合する視点、あるいはあらゆる行為を統一する視点の不在をこそ描こうとしたのであり、そこから新たな小説表現を生みだしているのである。

小説家の誕生　これまで見たように、コンラッドは人間存在の不安や「名づけえぬもの」を世界観の基底に据え、それを周到な語りの手法によって描いている。コンラッドは作家としての自己を、地下深くから石炭を掘りだす炭坑夫に喩えているが、次の文章ではコンラッドは自己の創作行為についてこう語っている。

当を得た言葉と当を得た語調――これさえあれば、わたしは世界を動かしてみせる。

作家にとってこれは何たる夢であろうか！　というのも、話し言葉だけでなく書き言葉にも語調があるからだ。そうだとも！　当を得た言葉が見つかりさえすれば！　それは希望——絶えることのない希望——が地上に舞い降りた最初の日から、声高に発せられたあらゆる悲嘆とあらゆる歓喜の残骸の中で、きっとどこかにころがっているに違いない。ひょっとしてすぐそこに、人に顧みられず、目に見えないまま、手近にあるのかもしれない。ところがこれがどうにもならない。干し草の入った篭の中に最初に手を突っ込んで、一本の縫い針を手にすることのできる人々がいるとは思うが、わたし自身はそのような幸運にお目にかかった覚えがない。(17)

コンラッドにとっては、言葉というものは心の内部からあふれる「湧出」ではなく、多大な苦労を払いながら探し求めるものにほかならなかった。作品とは霊感ではなく、職人的な「製作」の意識によって作りあげられるエクリチュールであり、フロベール的とも言える小説概念によりコンラッドは原始の闇をとらえているのである。

アルバート・ゲラードは著名なコンラッド論において、「内なる旅」というモチーフをコンラッド文学から抽出している。(18)だが『闇の奥』という作品は「内なる旅」というモチーフのなかに入れてしまうには、あまりにも生々しい「恐怖」がみなぎっている。この恐怖を表現する言葉——それは「世界を動か」すことができるような言葉であろう——を発見し、この恐怖を封じこめる新たな語りの構造を作りあげていくことが、芸術家としてコンラッドが歩んだ道であった。それゆえにコンラッドについて、こういうことが言えるだろう。コンラッドはアフリカという暗黒大陸の奥地に至り、キリスト教的ヨーロッパから見れば、地上的現実を突きぬけて、一種の最低点に達し、あくまで生の側に立ちながら死と皮膜で接する場所《トポス》に降り立った。このとき——「それまでの私は動物にすぎなかった」(19)というコンラッドの述懐に表れているように——小説家コンラッドが誕生したのであり、『闇の奥』という作品は小説家の誕生、小説の発生する場所《トポス》を示すテクストとして輝いているのである。

〔第Ⅲ部〕

時間のなかの場所《トポス》

――歴史という物語

第四章　時間の現れる場所《トポス》

1　はじめに

時間というものの不思議さ

ある恋愛論のなかに、時間というものと人間の心理との絡みあいについて次のような指摘がなされていた。まずそれを読んでみることから本章を始めたい。

恋愛をして分かることの一つは、時間というものは、一定の速度で過ぎて行かぬということである。もちろん恋愛中も時計の針は一分間が六十集まって、一時間で一回りすることには変わりはないが、その一時間を一分間に感じたり逆に一分間を一時間の長さに感じたりすることが、しばしば起る。いわば「心の上の時間」とでも呼んだらよいのか、それが速くなったり遅くなったり、あるいは停止したり波打ったりする。(1)

時計の針の進行が示す客観化された物理的な時間に対し、心のなかを流れる時間の不思議さが、恋におちているときのリアルな実感として語られている。「速くなったり遅くなったり」、またときには「停止したり波打ったりする」ような「心の上の時間」については、おそらく誰もが（恋愛しているときだけに限らず、仕事の最中などにも）感じたことがあろう。そして、次のような時間感覚もまた、誰もが子どもの頃に経験したのではあるまいか。

子供の頃の私はよく小川の横の道を歩き、走り、立ち止まった。いま思いだしてみると、子供たちの時間は川の流れのようにつねにゆらいでいて、けっして等速ですすんではいなかった。長い時間が一瞬のうちに過ぎたかと思うと、わずかなときを過ごすために、あきあきするほど長い時間を費やさなければならなくなる。一瞬の輝きをみせた時間と、長く無稽な時間の織りなす時空がそこにはあった。そして、ゆらぎながら流れゆく川の時間は、自分と等身大の時間を子供たちに感じさせて、その精神を安定させる。(2)

「ゆらぎながら流れゆく川の時間」は、子どもにとっては「自分と等身大の時間」と感じられている。そのような生命のゆらぎの時間は、大人へと成長していくなかで、やがて直線的に、均等にすすむ、時計が刻む客観的な時間のなかに子どもが身を置き、ついに二四時間に分割された一日の時間世界に組みこまれるとともに失われてしまう。

恋愛において経験する心理的時間。小川を散策するときあじわう生命のゆらぎとともにある有機的・生命的時間。人間は時間とともに形成される存在であると言われるが、この二つの時間のほかにも、時間というものは様々な相（例えばさらさらと流れる時間や、心に重く刻まれる時間、あるいは人々を癒す時間と、容赦なく傷つける時間など）を見せながら人の前に立ち現れる。そしてトマス・ハーディの作品にも、人間という存在と時間との関係を示す興味深いエピソードが二つある。ひとつは『青い眼』、いまひとつは『塔上の二人』のなかに描かれているものである。本章ではこの二つのエピソードについて考察したい。

2　断崖にて

ハーディ『青い眼』の一場面をめぐって

『青い眼』(*A Pair of Blue Eyes*, 1873)という作品は、エルフライドという無垢なヒロインと、彼女を挟んで恋敵の立場にある中年の文筆家ヘンリー・ナイトと建築家をめざす青年スティーヴンという人物たちが織りなす三角関係から成り立っている。これから紹介する場面は、それまでスティーヴンに恋していたエルフライドが、心変わりをしてナイトを愛する転機となる場面である。

ある日、エルフライドとナイトは屛風のように切り立った断崖がそびえる海岸に散歩にいく。垂直に切り立つ絶壁の上で、ナイトはあやまって足を滑らせてしまい、転落の危機に陥る。彼は必死に壁面にしがみつくが、そのとき、彼の眼に意外なものが映る。それは太古の生物である「三葉虫」の化石だった。

ナイトのすぐ眼のまえに埋もれた化石が岩から浅く浮き彫りになってあらわれていた。その化石には眼がついており、死んで石化した眼が彼をじっと見つめていた。それは三葉虫とよばれる古生代の甲殻類の動物の一種だった。三葉虫の生存した時代から数億年の歳年をへだてて、ナイトはこの下等な生物種の化石と、いまや死の床の上で出会ったようにおもわれた。彼が生身の体を所有しているように、三葉虫の化石もまたかつては、生きている、救うべき体を所有していたのだった。その姿だけが、彼がこの岩壁で見ることのできる唯一のものだった……ナイトが死ぬことになれば、このみすぼらしい輩《やから》と一緒になる運命にあった。（三四〇頁）[3]

「かつては、生きている、救うべき体を所有」していた三葉虫は、いま死んだ化石としてナイトを見つめている。三葉虫の横たわる「死の床」は、やがては消滅していく人間を含めたあらゆる生物の、その存在が時間のうちにあるがゆえの逃れられない宿命《さだめ》を暗示している。キリスト教の観点にたてば、石化した古生代の生物の空ろな有様は、「無から創造されて無へ転落する被造物」[4]の宿命を示していると言えるだろう。しかし断崖からの転落の危機においてヘンリー・ナイトは、いたずらにこの世における生の空しさを嘆いたり、あるいは突然に神への救済を願ったりはしない。ナイトが宙吊りになっている古生代の地層の崖からは、太古からの生物の進化の時間が顔をのぞかせており、彼は次のような幻を見る。

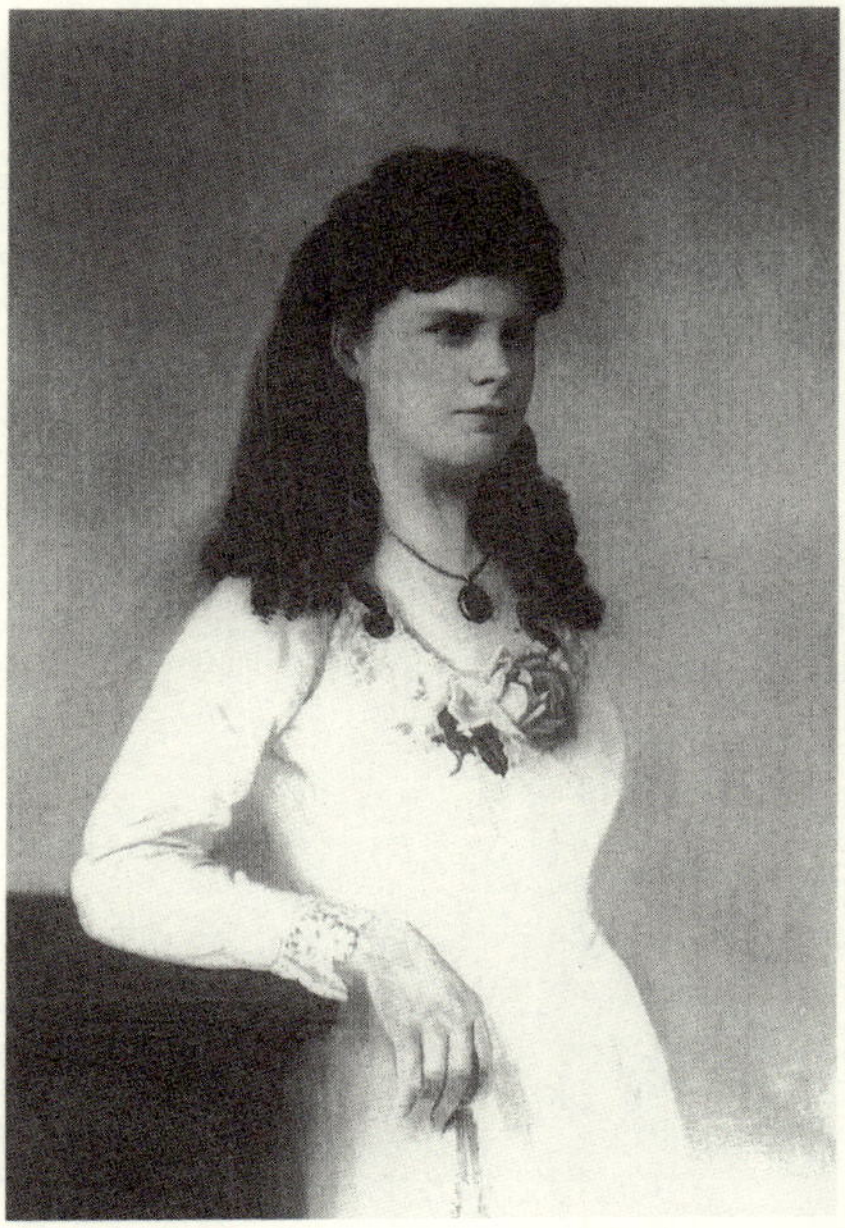

図Ⅲ−1　エルフライドのモデルといわれるハーディの妻エマ

時間はナイトの目の前をまるで扇を開くように繰り広げられてゆく。自分を時の流れの扇の終端におき、地球の始原から始まって、これまでのすべての世紀、地質時代が同時に展開しているのが見えた。獣皮をまとい……槍をたずさえた凶悪な人間共が、悲惨な運命を背負うマクベスの目のまえに現れた魔女のように、岩陰からむくむく立ちあがる……人間共のうしろには、さらにその昔の一団が立っている。その群のなかには人間は一人もいない。巨大な象のような姿をしたものばかりで……さらにそのむこうには、これらの群と重なりあって、巨大な嘴をもった鳥共や馬ほどもある豚がとまっている。もっとぼんやり見えるのは、不気味な爬虫類らしきものの影——ワニや他の異様な形のものが、やがて巨大なトカゲやイグアナドンになる。また、その後に、竜の姿をしたもの、飛びかう爬虫類の暗い影が幾重にも重なりあっている。（二四〇頁）

ナイトの墜落は、たんなる物理的な落下ではなく、地球の始源の時間への降下にほかならない。それはオルフェウスの地獄下り以来つづいている、死生観をめぐるヨーロッパ的な表象空間に表れるモチーフとつながっているが、これまでのエクリチュールと一線を画しているのは、ヘンリー・ナイトはこのとき、一日が二四時間から成り立つ時計の時間が支配する人間社会から解き放たれ、地球という星の時間の流れに身を置いていることだ。そして彼は、自己の身に迫る死の危険のなかで進化の時間を発見し、生物のたどった進化の末端に自己を見いだしている。三葉虫の化石は、ひとつの生物の「個体」の死ではなく、原始的な生命の誕生以来繰り返されている無数の生物の「種」の死を象徴するものであり、ナイトは、その薄気味悪い夥しい死骸の堆積を見つめながら、決してそのことに絶望しているわけではない。ナイトの「死」の意識には、再生とか復活への希望は微塵もなく、「母なる自然」への回帰という意識もないが、彼は、進化の時間の幻を見ることによって自己の死を受容しようとするのだ。

ハーディはヘンリー・ナイトというひとりの知識人をとおして、ダーウィンの進化論の影響をうけてもはや宗教を信じられなくなった人間のもつ新たな死の意識を提示している。親から子へと続く血縁の絆によってつながれた生命の連続性の自覚ではなく、家とか先祖の存在を核とする共同体の歴史の連続性とも異なり、ナイトの死の意識のなかに浮かびあがる進化論的時間は、生命の賛歌などという、なんらかの価値や意味とは結びつかない孤独で透明な観念性を帯びている。ハーディはこのような既成の宗教や道徳、あるいは富や名誉などといった社会的価値によっては満たされないナイトの精神を、生の世界を象徴するエルフライドとの関わりのなかで見つめようとしている。そしてエルフライドもまた、この断崖の場面において、時間とともにある人間という存在の一面を見せるのだ。

図III−2　10代後半のハーディ

肉体の輝き

ナイトがいよいよ死は避けられないと感じたとき、思いもかけないことに、救助を求めに走ったはずのエルフライドが戻ってくる。エルフライドはどこからか一本の綱を手に入れて、それをナイトに投げかける。ナイトはそれにつかまり、奇跡的に一命をとりとめる。

彼の無事な姿をみて、彼女は喜びの叫びをあげて躍りあがった……二人は気持を抑えきれずに馳せよって固く抱きあった……彼女が尊敬していた男性を、最も恐ろしい死の形相の一つから救助したという抑えがたい歓喜がほとばしりでて、この優しい娘は、魂のなかまで打ち震えた。（二四六頁）

ナイトはそれからエルフライドをまじまじと見つめる。すると、奇妙なことに、彼女はまるで「子供のように小さく見えた」。その理由は、エルフライドはそれまで身につけていた下着を着ていなかったからだ。彼女は下着を脱いで、それを結びあわせて一本の綱を作ったのだ。

羞恥心をすててナイトを救うエルフライドは、清新なエロティシズムを漂わせている。素肌のうえにじかに服を着ているだけのエルフライドの肢体は——三葉虫の化石とは対照的に——無垢な生命の輝きに包まれている。三葉虫の化石は不気味な死の象徴であったが、それとはまったく対照的に、エルフライドの〈いま・ここに〉生きている肉体は、みずみずしい生命の時間の輝きに包まれている。

ハーディという小説家は、言うまでもないことであるが、愛憎が絡みあう恋愛心理を最も巧みに描いた英国作家のひとりである。そして、ハーディにおいて目をひかれるのは、恋愛の心理が〈性〉の次元にまで掘り下げられていることだ。ハーディの世界にあっては、自分の下着をつないで救命用の綱を作りだすエルフライドの姿が示すように男女の性的な結合が積極的に肯定されている。ダーウィンの進化論の視点を導入したことと並んで、性的陶酔の瞬間のなかに人間の生の本来の在り方を探る視点、つまり官能的な一瞬の閃きのなかに流動的な時間を支える根拠を求める視点は、ハーディ文学における人間と時間との緊密な関係を示唆している。

時間の不可逆性

ナイトとエルフライドは、それからほどなく正式に婚約する。しかし、エルフライドに以前に結婚を誓った相手（＝スティーヴン）がいることがわかると、ナイトは欺かれていたと思いこみ、一方的に婚約を破棄してしまう。

エルフライドとヘンリー・ナイトの愛の破綻について、次のような分析がなされている。

> エルフライドの過去は許すことができる。彼女は……こっそりロンドンへ行くという常軌を逸脱したことをして、もうどうすることもできないほど彼（＝スティーヴン）に縛りつけられてしまったと思っている。彼女の素朴な良心が、彼女にこの体験を実際よりも悪く評価させている。しかし、まさにこの事態が、彼女の無垢を証明している。重大な過失がどういうものか、彼女が夢にも知らないということを、このことが示しているからである。[5]

図Ⅲ-3　20代のハーディ

エルフライドは、スティーヴンと結婚を誓ってしまったという過去の影に怯えている。それは彼女が、ナイトが自分を無垢な少女として理想化していることに気づき、ナイトの心に宿る自分のイメージを壊してはならないと思っているからだ。では、エルフライドを捨ててしまうナイトの冷酷さについてはどう考えるべきなのだろうか。

この点について、ピーター・カサグランドは、ナイトの味わう幻滅感のなかに、ハーディの青春の挫折がこめられていると述べている。

ハーディとナイトのつながりは重要である。その理由は、幼いころの幸福な無垢の世界を失って以来、ずっと希望が見つからないという点で、ナイトは初期の作品の主人公たちと類似しているからだ。ハーディはやみがたい郷愁を抱えるヘンリー・ナイトの姿に、自分自身の経験を重ねあわせている……「過去」はもう帰らないということを、ナイトとスティーヴン・スミスは知ったが、それはエルフライドが学んだ教訓でもあった。(6)

「贖罪」や「復活」が不可能であることが、エルフライドとナイトの愛の挫折に表れているとカサグランドはさらに指摘している。またエルフライドの愛の挫折が、彼女の教会の塔が取り壊されてゆく過程と対応しているとも述べている。由緒ある教会の塔が時代の推移のなかで崩れ落ちてゆくように、エルフライドの愛もまた空しく破れ、彼女はやがてある男性の後妻に迎えられるが、まもなく流産のために死んでしまう。

少女のような肢体をもっていたエルフライドのあえない死。時代の推移のなかで取り壊される由緒ある教会の塔。そしてナイトが断崖で見た三葉虫の化石。これらはハーディの時間意識を表象する記号となっており、ハーディにおいて時間は〈私〉の主体とは無関係に、けっして戻ってくることのない不可逆的なものとして、一種の絶対性を帯びて〈私〉の目の前を過ぎ去っていく。エルフライドもナイトもこの時間の進行の前には無力な姿をさらけだしているのだ。

では、このようなハーディにおける時間の属性は、近代小説に見られる時間意識のなかで、どのような位置を占めるのだろうか。

小説のなかの時間

エドウィン・ミュアは『嵐が丘』のような劇的小説における時間と、トルストイの『戦争と平和』のような年代記小説《クロニクル》における「時間」の相違について論究している。ミュアによれば劇的小説における時間は「内面的」であり、終局という一点に向かって急流のように走る緊迫した時間であり、一方年代記小説の時間は「外面的」であって、次のようなものとして分析されている。

図Ⅲ−4　若き日にハーディが修復に携わった聖ジュリエット教会。この工事が機縁になり、ハーディは未来の妻エマと知り合う。

歴史小説では時間は外面的で、作中人物の心のなかで主観的人間的に捉えられるものではない。外側の、いわば固定したニュートン的な視点から眺められた時間である。観察者の傍を流れすぎ、彼の心に浮かびあがるもろもろの姿のうえを、ただ流れすぎてゆく時間なのだ。劇的小説の場合のように、情熱や恐怖や運命によって定まった一点に集中してゆくのではなくて、年代記小説の時間は明瞭な限界もなくのびてゆき、その終末を画しかねない障壁をも、これと

いうほどの邪魔も受けずに乗りこえていってしまう。(7)

ミュアは、個々の人間の生死には無関心に進行する「ニュートン的な視点から眺められた時間」の足音こそが、『戦争と平和』という歴史小説の主題であると指摘している。

あたかも隠れた世界にいて、人間に苦痛・快楽・死などを分かちあたえているかのように見える超自然的な力に対し、人は畏怖の念を抱き、ホメロスや聖書の時代から宗教的感情をもって、不可解な運命というものをなだめるか、甘んじて受け入れるか、時には反抗を試みてきたと言われている。ハーディはこうした超越的な存在として「時間」をとらえるという点で、トルストイと似かよった認識を示しているが、トルストイが、超越的な存在であり人間の目からは不可解な法則をもつ運命というものを物理的・数学的な時間に変換したのに対し、ハーディは果てしない不信の眼差しで時間を見つめている。宇宙的な時間進行を見つめるハーディの眼がとらえたものを、『塔上の二人』(*Two on a Tower*, 1882) という作品の一場面から取りあげて検討してみたい。

3　塔上にて

天空の変貌

ヒロインのヴィヴィエット・コンスタンタインは、ある日、近くの丘の上に建つリングズ＝ヒル・スピアとよばれている塔に立ち寄る。

塔はトスカナ様式にしたがって建てられていた。それは間近で見ると堂々と聳える本物の塔であり、内部は空洞になっていて、階段があった。柱脚部は暗くて寂蓼感がたちこめており、取りまく木々のむせび泣きは、はっきりとここまで聞こえてくるのであった……石の継ぎ目には厚い苔が生え、あちこちに日陰を好む虫が漆喰に紋様を刻んでいた……一方、モミの木のうえに聳えている塔の上部は様子がまったくちがっていた。塔は大空にすばらしく美しい姿をみせ、なにものにもさえぎられず、太陽の光をうけて清らかに輝いていた。（三三頁）(8)

図III−5　英国南部サマーセットシャーに建つトスカナ様式の柱塔

夫人が間近で見る塔の様子には、ひとつ見逃せないところがある。それは、塔の柱脚部は一種の「廃墟」の観を呈しており、これに対して、塔の上部は人間の大空への憧れを映しているかのように眩しく光っていることだ。ここには廃墟としての地上的な現実のなかに生きながら、その一方でプラトン的な理念《イデア》を求めて天上の世界に憧れる人間というものがもつ存在論的な矛盾が塔のイメージを媒介にして語られている。超越的世界と、世俗の生を生きている市民との関わりを、結婚生活に破れたコンスタンタイン夫人と天文学者を志す青年スウィジンとの愛の展開をとおして、ハーディはユニークな視点からとらえている。一九世紀末における天文学の発展がもたらした宇宙像の変貌と、それにともなう宇宙的な時間の相の推移が、二人の姿を映す不思議な鏡になっているのだ。

コンスタンタイン夫人とスウィジンとの愛は、それが塔の頂きという場所《トポス》において成立していることからもうかがえるように、作者ハーディによって、肉体という物質にとらわれながら、より高次の世界に自らを立ち交じわらせ永遠を夢見ることができる人間存在に宿る神的なもの、堕落と虚無の淵に立たされる人間を救済する至高のものとして提示されている。いかにもハーディらしい、甘く感傷的なメロドラマ性が漂っているが、それに対し、二人が望遠鏡という近代の観測器具によって眺めた夜空は、従来の恋愛小説のエクリチュールには見られないものだ。

ある晩、スウィジンは夫人に向かって、眩ゆく輝く星の説明を始める。スウィジンはまず木星に望遠鏡を向け、それからさまざまな星座の説明をする。言うまでもなく、眩ゆい星座は人をしばしば夢想にいざなう。また、宇宙の神秘にうたれたとき人は敬虔の念をよびおこされる。ところが、スウィジンが見る夜空は、人間が抱く天上への憧れを裏切るものだった。望遠鏡をのぞいてスウィジンが見る星辰の世界は、不気味な暗黒の世界にほかならず、永遠に輝くと思われている星は、じつは「蠟燭」のように燃えつきてしまうとスウィジンは夫人に語るのである。

不思議なことに、大空は滅亡の要素も含んでいるんです。こうして目にする永続的な星や永遠の天体というものは驚異の念をよびおこしますが、実のところ、それらは永続的でもなければ永遠のものでもないのです。それらは蠟燭の炎のように燃えつきてしまうのです。大熊座のなかに、死にかけている星のあるのは御存知でしょう。二世紀前はそれもほかの星同様に輝いていたんです——あれらの星がみんな消えてしまい、完全な闇になってしまった天空を想像してみて下さい。燃えつきて黒くなった、目にみえない星屑にときどきぶつかりながら、まさぐるように進んで行く様子を想像してみて下さい。（五八頁）

スウィジンは宇宙の暗黒の様相を見て、大きな不安を感じている。彼が見る宇宙の姿は、豊かな可能性をもつ〈混沌〉ではなく、ましてや「天体の音楽」(9)が鳴り響く〈コスモス〉でもなく、星さえも滅ぼしてしまう、おそるべき虚無の原理としての「時」が支配する場所《トポス》である。このようなヴィジョンが提示されている『塔上の二人』を執筆した動機について、ハーディは序文に書きとめている。

軽く構成されたこのロマンスは、まばゆい星辰の世界を背景にして、二人の無名の人物がたどる運命を描いている。涯しない宇宙と対比したとき、人は取るにたりない卑小な存在にすぎないが、じつは人間は広大な宇宙を上まわる崇高性を秘めている。私はそれを読者に示したかったのである。（二九頁）

美しく見える星辰の世界は、物理学の視点からすれば暗黒の宇宙であり、そこは天上の音楽の鳴り響く場所ではなかった。二人の存在は大宇宙のなかにぽつねんと在るにすぎない。しかし、そのようなシチュエーションに「二人の無名の人物」を置くことがハーディの狙いであった。それゆえに、かりにハーディ文学の主題が――『帰郷』のユウステーシアとエグドン・ヒースとの相剋のように――「個と環境との対立」にあると言えるとしたら、『塔上の二人』においてコンスタンタイン夫人とスウィジン・セント・クリーヴという青年がぶつかっている環境とは、まさに虚無の原理としての「時」が支配する宇宙という場所《トポス》にほかならない。

二人が眺める不吉な星空の様相は、近代という時代の発見に属しており、それは〈私〉という主体とはもはや結びつきようのない疎外された客観世界の像を示している。これを心理の問題として見れば、天空との有機的な連続性を絶たれた近代人の孤立の自覚が発見させた宇宙の像だということになる。あるいは文化論的な問題として、西洋近代が初めて摑んだ暗黒としての宇宙の像は、親密な自然というものがよそよそしく遠のいていき、もはや意味づけすることのかなわないものとして表象されるしかなかったのだと言うこともできよう。また、エクリチュールの問題として見れば、伝統的な文章美学ではもはや表現できない宇宙の像と、人妻が無垢な青年に捧げる自己犠牲的な愛という、いかにもメロドラマ的な組み合わせが、ハーディ文学の抱える二つの面（二〇世紀的現代性と一九世紀的伝統性）を示していると言える。近代の天文学という科学的な知が、自然の表面を包んでいた分厚い表象の堆積（それはキリスト教の世界観によって変容させられた文化としての自然にほかならない）を剝落させることを認識しながら、ハーディは伝統的な小説美学のなかから抜けでようとはしないのである。

「時」の観念

やがて、リングズ＝ヒル・スピアの頂きに、スウィジンが使用する天体観測用の「赤道儀」が据えつけられる。そのときから、塔は二人の聖所ではなくなり、天上への上昇や地上への墜落とは関わりのないものとなってしまう。こうしたリングズ＝ヒル・スピアの変化と軌を一にするかのように二人の愛も破綻していく。スウィジンは南半球の天体観測に参加するために英国を去ることになり、夫人は彼が旅立った後に自分が身ごもっていることを知る。夫人は途方にくれた末に、ある主教と結婚する。それから三年後、スウィジンは帰ってくる。彼はリングズ＝ヒル・スピアの上で夫人と再会するが、夫人は見るかげもなくやつれていた。

スウィジンは彼女のやつれた様子にびっくりした……目の前にすわっているのは別の女性であった。昔のままのヴィヴィエットではなかった。その頬は、若さというみずみずしい手によって描かれた、あのしっかりとした輪郭を永遠に失い、目にみえて黒かったふさふさした髪の毛には、そちこちに白いものが混じっていた。（二八九頁）

夫人はわずか三年のあいだに、まるで別人と思われるほどに変わっていた。彼女の容貌には不幸の跡がありありと刻まれていた。そして、彼女は塔の上でスウィジンに抱かれながら息絶えてしまう。

この『塔上の二人』のエンディングは、時間というものが人間に及ぼす作用を鮮やかにとらえている。一本の矢のイメージによってしばしば形容される過去から未来へとつづく直線的な時間の流れは、人間の意思を超えたものであり、このような時間の不可逆性が『塔上の二人』というテクストのなかに生々しく浮かびあがっている。そもそもコンスタンタイン夫人とスウィジンとの愛にとって最も大きな障害は、社会的な地位や身分の隔たり、あるいは男と女の間に横たわる価値観の隔たりなどではなく、決して人間の手では変更することのできない、二人のあいだの著しい年齢の隔たりであった。

コンスタンタイン夫人とスウィジンとの悲劇には、興味深い「時」の観念の表れを見ることができる。なぜなら、「時」の観念は〈創造〉の宇宙的な力の強大さを示すもの、もしくは、この地上が「永遠」に比してはかないということを示すものであったが、『塔上の二人』においては、かつてマニエリストたちが見いだした「いかなる保証もなしに『現在』を食いつくし、すべてを虚無に帰してしまう、おそるべき虚無の原理としての『時』」[10]が蘇っているからだ。時間のなかに投げだされた人間の本質的な不安のなかに、破壊者としての時間のイメージを生き生きと蘇えらせることは、天体望遠鏡の進歩によって初めて可能となったと言えるだろう（ちなみにハーディはこの作品の執筆に備え、グリニッジ天文台を見学している）。砂時計の砂は、刻々と消耗しつくされてゆき、それは二度ととりかえしのつかない虚無への落下を語っているが、ハーディはこのような消耗されていく時間のイメージに、さらに暗黒の宇宙の像を結びつけ、ユニークな「時」の観念を提示している。では、このようなハーディの時間に対する認識を、どう位置づければよいのだろうか。

フランク・カーモードは、「始まり」という概念は「終わり」という概念と同様に、生の意味づけを願う人間の欲求と切っても切れない関係にあると指摘している。「生の瞬間が、始まりと終わりに結びつき、それらとつながっている必要」を感じるのが人間であり、「人の死は、始まりと終わりとのつながりを失うときに訪れる」と古来から考えられてきたとカーモードは述べている。[11]

誕生があり、死があることから導きだされる、あらゆる事象には始まりと終わりがあるという思想。創造から終末に向かって直線的にのびる、超越的存在によって因果的に意味づけられた時間。ハーディはこのような直線的な不可逆的時間、あるいは時計によって客観化された時間が人間を支配していることを批判的に描いている。しかし始まりから終わりへと至る一方向的ではない、循環的に回帰してくる有機的な生命の時間を、果たしてハーディは評価していたのだろうか。周知のように、時間論の視点から見れば、近代という時代は、時間労働による商品の生産と結びついた直線的時間を確立することによって、円環の運動をする自然の時間からの自立を果たした。[12]ハーディはそのような時間に対しイギリスにおける農村生活を熟知した者の立場から根源的とも言える深い懐疑を示しているが、それにもかかわらず、ハーディは始まりと終わりをもつ直線的な時間認識に束縛されていたような気がしてならないのである。

第五章　時間の停止する場所《トポス》

1　はじめに

ヨーロッパ文化の連続性をめぐって

前章の最後のところで、ハーディの時間意識について、それが直線的で不可逆的な時間感覚に束縛されているのではないか、つまり時間とは始まり（創造）から終わり（終末）へと流れて二度と戻ってこないとハーディが考えていることについて言及した。ここで、いますこしその問題に触れてみたい。それは本章で取りあげるコンラッド『西欧の眼の下に』（*Under Western Eyes*, 1911）を考察する入口に通じているはずである。というのは、ヨーロッパ文化の連続性と同一性をめぐる問題が、そこに関わっているからだ。

改めて言うまでもないが、ヨーロッパ文化は、ギリシャ文化とキリスト教、――マシュー・アーノルドが『文化とアナーキー』において用いた概念によればヘレニズムとヘブライズム――という両極の間を揺れ動いてきた。そして一九世紀から二〇世紀においては、異教的要素とキリスト教的要素との間に揺れる針の動きは、ニーチェやフロイトにおけるギリシャ精神の発見に象徴的に表れているように、古代への回帰という大きな振幅を示していて、トマス・ハーディのテクストもまた、こうした文化史的な転換のなかに位置づけることができる。

『帰郷』において検証したとおり、ハーディという作家は、キリスト教伝来以前の先史時代にまで時間のパースペクティブを遡り、自らの小説のリアリティを「異教の女」ユウステーシアを媒体として、エグドン・ヒースという始源の大地のなかに獲得しようと試みている。しかし近代ヨーロッパを批判するために、あえて始源の時にまで遡ろうとするハーディの方法論そのものが、じつはヨーロッパ文化のなかを貫いて流れる直線的な時間軸というものの存在を前提としているのではなかろうか。ギリシャ古典文化とキリスト教という対立する二項に基づく歴史観のなかにハーディもまた取りこまれているのであり、ハーディはヨーロッパ世界が——本質的な対立を構成する二項を抱えこみながらも——段階的な発展過程を歩み、歴史的・文化的に強固な同一性を保持していることそのものを根底から疑うことはしていない。

だが、ヨーロッパの歴史や文化の連続性のなかに自己の場所を見いだせず、どこにも帰属できない個人というものが登場してきたとき、ヨーロッパ世界はいかなる様相を呈して彼の眼に映ることになるのだろうか。いや、彼にとってはそもそも、ヨーロッパ世界というものの連続性とか同一性といったようなことが、まったくの無意味もしくは虚構《フィクション》としか思えないのではなかろうか。

人間、思想、運動、事件、——そういう一切に関わりをもたない地点で生きること、つまり必ずある地点で距離を作り、それを頑なに守る反歴史主義の立場にたつこと。そこにコンラッドの『西欧の眼の下に』が書かれる場所《トポス》が存在している。この作品は二〇世紀初頭に発表されているが、二〇世紀というまだはっきりとは見えていなかった時代と、まだはっきりととらえられていなかった生の在り方のかすかな現れ、そのようなものの先端にこの作品は成り立っている。主人公ラズーモフは、帝政ロシア末期に生きる青年であり、「政治の歯車に巻きこま

図III−6　コンラッドの父アポロと母エヴェリーナ

れる一人の平凡な市民の悲劇」[1]がこの作品で扱われている。だが同時に、そこには通時的な視点から俯瞰された直線的な時代進行のなかではなく、共時的視点に立ったとき初めて見えてくるヨーロッパ世界の抱える政治・社会体制の矛盾に対する新たな視点が、ひとりの平凡な市民の眼を通してなされているのである。

2　反生命の世界——分裂へ向かうヨーロッパ

自己投入《コミットメント》しない「語り手」の登場

ある個人の意識のなかで歴史的な時間の流れが消え失せて、代わりに——政治と人間との接点において——ヨーロッパ世界に内在する共時的な社会構造が浮かびあがる様を、コンラッドは『闇の奥』で開拓した独特の「語り」の方法にさらに工夫を加え、マーロウとは異なる新しいタイプの語り手を登場させて描いている。マーロウの場合は、語る対象であるクルツへの思い入れ《コミットメント》があり、それが読者と語り手マーロウの間に信頼の絆を作りだしていた。それとは対象的に、『西欧の眼の下に』の語り手である〈私〉は、自分がイギリス人であり、また年老いた語学教師であるというアイデンティティから一歩もでようとはしない。〈私〉によれば、ラズーモフの悲劇はあまりにロシア的であり、人々を見舞う様々な悲劇のなかでも、ラズーモフのような独裁政治《ツアーリズム》と革命運動の対立の渦に呑みこまれてしまうケースはあまりに例外的であって、それは〈私〉のような西欧人の理解の範囲を超えているというのだ。イギリスのような政治的・社会的安定が実現している国では、一人の善良な市民がラズーモフのような政治の歯車に巻きこまれる危険はありえないというのである。しかし、この〈私〉の言葉は、——『闇の奥』における語り手マーロウの「真実の探求」をめざす言葉とはまさに正反対のものとして——じつに空々しい響きをもって作中にこだましている。語る対象に自己投入《コミットメント》をしないで、真実の探求といういわば十九世紀的な主題《テーマ》を放棄している〈私〉という語り手の存在が、『西欧の眼の下に』における作者コンラッドの意図を如実に語っている。というのは〈私〉がラズーモフの物語をロシア的なものと決めつけ、西ヨーロッパではこのようなことは起こりえないと言えば言うほど、読者の眼にはあたかも薄皮を剝ぐように、イギリス（ひいては西欧世界）の秩序と安定というものが疑わしく見えてくるからだ。これこそがコンラッドがイギリス人老語学教師という「語り手」を登場させた目的であろう。そして自己投入《コミットメント》しないという語り手の姿勢は、じつは主人公ラズーモフの生の在り方と結びついていることが、やがて明らかになる。

告発することの根拠

作品を書くということが、もしも自身の最も深い内部からの促しにより表現を作りだすということであれば、それは作家の「生」の全的な手応えを示すと同時に、作家の文学的思想の展開をも示しているはずである。周知のように、コンラッドの父親はロシア支配下のポーランドにおいて独立運動に参加し、やがて捕らえられてシベリア流刑に処される。その時、まだ幼かったコンラッドは母に連れられて父の流されたシベリアに赴くことになった。だが、シベリアでコンラッドの母は結核にかかり彼がまだ七歳のときに死亡し、父もまたポーランドに帰国を許されたときはすでに母と同じく結核に冒され、まもなくコンラッドが一一歳の時に他界してしまう。いわばコンラッドは、帝国主義という政治体制の必然的に抱える残酷性と非人間性を、幼い頃からその記憶に刻みこまれていたのであり、ラズーモフという主人公の存在は、こうしたコンラッドの生々しい「被害者としての体験」に根ざしている。だが、そうした伝記的事実のもつ計り知れない重みを十分に承知しながらも、『西欧の眼の下に』という作品において眼を奪われるのは、それが「被害者の文学」の範囲を抜けでていることである。コンラッドが試みているのは、独裁政治とか革命運動というものの非人間性を告発することにとどまらず、独裁政治と革命運動の対立が象徴する人間社会に潜む〈暴力〉を告発することが可能かどうか、言い換えるなら、それを告発する資格がそもそも個人としての人間にあたえられているかどうかを問うことなのである。政治の歯車に巻きこまれるラズーモフの悲劇を見つめてみよう。

招かれざる客――分身の登場

ラズーモフは聖ペテルブルグ大学で勉学に励み、懸賞論文に応募してメダルを獲得し、将来は大学教授となることをめざしていた。寄るべない孤児であるラズーモフは、他人にとって、社会にとって、そして誰にとっても、自分が〈無〉であることを承知していた。孤児という身の上であるがために、彼は人一倍自分が「ロシア人であること、さもなくば無であるということを鋭敏に感じとるのである（ix頁）」とコンラッドは「作者覚え書」のなかに書きしるしている。(2) つまりラズーモフという主人公は、デイヴィッド・コパフィールドと同じように、中世的な古い保護や隷属の関係からは自由であるが、その一方で、家族や地域、教会や階級などの中世以来の伝統的共同体があたえるアイデンティティを失い虚無への転落の不安に怯えている。そして、デイヴィッドが作家として自己のアイデンティティの創出に向かったのに対して、ラズーモフはひとりの平凡な市民として中世以来の伝統的共同体に取って代わった「国家」という政治的共同体に自らのアイデンティティを求めている。それ故にラズーモフが手に入れようとしたメダルは、測り知れぬ重みをもっていた。

　ラズーモフは共同性の基本的な拠り所である家とか郷土を喪失しており、この分離の体験によって彼の精神の中心には一種の空虚、あるいは虚無の領域が生じている。他人にとって、社会にとって、そして誰にとっても自分が〈無〉であることを承知していたラズーモフは、平穏な日常生活を求めて大学教授の職をめざすが、彼の一見平凡な立身出世主義は、じつは自己の生の根拠を疑う作業から導きだされたものであり、ラズーモフの問いかけと、その生の選択は根底的《ラディカル》であると言える。この意味で、ロシアを独裁から救うために要人暗殺を決行するハルディンとラズーモフは、その思考に歴史的社会的な現実にたいする根底的《ラディカル》な批判を内在させており、二人がともに大学のなかで畏敬の目をもって見つめられ、ついにはハルディンが言葉を交わしたこともないラズーモフを信頼し、彼に助けを求めにくるのは決してたんなる偶然ではない。ハルディンはいわばラズーモフの「分身」なのであり、二人はテロリズムと立身出世主義という全く反対の生のベクトルを描きながら、ともに〈無〉から脱け出て〈存在〉をうること、生きることの意味を求めているという点で一致しているのである。

反生命の世界

　『西欧の眼の下に』は、国務大臣を暗殺したハルディンがラズーモフの下宿を訪れ、二人が出会った時から物語が進行する。

　自由主義思想をもっている、と嫌疑をうけるだけで将来が危うくなるロシアではテロリストと関わりをもったらそれこそ身の破滅である。立身出世の梯子を上ろうとしていたラズーモフはいきなり背後から襲われどん底に突き落されたような絶望を感じざるをえなかった。小市民的な夢に執着していたラズーモフは、今や道を見失い途方にくれながら煩悶するのであった。ラズーモフはハルディンの逃亡の手筈を整えるため駭者ジーミアニッチに会いにゆく。だが彼は酔いつぶれていて役に立たない。途方にくれてあてもなく歩くラズーモフは、いつしか街路を離れ、雪に覆われた広大なロシアの雪原を見つめていた。

ラズーモフは足を踏みつけた――柔い雪の絨毯《じゅうたん》の下にロシアの堅い大地を感じた。経帷子《きょうかたびら》の下に顔をかくして口きかぬ悲劇の母のように、生気がなく冷たく、じっと動かぬロシアの大地を――これが祖国の土だ！――炉辺も暖炉もなく――これだけが自分のものなんだ！（三二―三三頁）

ここにはラズーモフの孤立の自覚が発見した世界の像が表れている。それは存在論的な視点から見れば、「経帷子《きょうかたびら》の下に顔をかくして口きかぬ悲劇の母」という表現に見られるように、生命を育む温もりや豊饒性を欠いている、冷たく不吉な死と結びついた反生命の世界である。しかしラズーモフは、同時にその異質な超越性への認識を政治的・文化論的な問題として読みかえて、広大な雪原を「祖国」と見なし自己をそれに同一化している。この時ラズーモフは、人の暮らしを成り立たせる炉辺のない死の沈黙が支配する世界に対し深い畏敬の念を感じ、そのなかに自己の内部のニヒリズムを支える存在の根拠を見いだそうとしている。人間、思想、運動、――そういうものと関わりながら〈いま・ここに〉在ることに意味を見いだすのではなく、歴史的時間を超えた反生命的な超越性に帰依して、ラズーモフは自己の生の救済を図ろうとしている。そして、こうして精神的な転向を果たした後に、ラズーモフは今まで信奉していた西欧的な世界理念（自由、平等、人権などのような近代的な社会原理）

を捨ててしまうのである。その転向の過程には、あえて言えば、個人主義的な価値を否定し、国家という擬似共同体への服従を美徳と見なすファシズムという危険な政治思想を生みだした精神病理が顔をのぞかせている。

大学において周囲の人間との交わりを避けて、——「語り手」であるイギリス人の老語学教師と同じように——自己投入《コミットメント》しない姿勢を貫いていたラズーモフは、これまでの彼の生の在り方を根底から崩されてしまったのである。そして、彼は次のように雪の光景を見つめる。

　壮麗な天空の下では、すべてが雪でおおわれていた。かぎりなくつづく森林、凍った河、巨大な国土に広がる平原、境界の目印も地表の起伏もいちように消しさり、すべてを白一色に統一してならしてしまい、まるで、とほうもなく怪異で巨大な白紙が信じがたい歴史の記述を待ちかまえているかのようであった。（三三頁）

ラズーモフが自己の孤独と苦悩を通して目撃した、「歴史の記述を待ちかまえている」「巨大な白紙」とは、西欧的な繁栄から取り残されているロシアという国家の経済的・文化的な貧困の暗喩《メタファー》と読むことができる。それは大学教授をめざして勉学に打ちこんでいた彼が、今まで視線をそらして凝視しようとしなかったものである。雪の大地の白さは、孤児ラズーモフの存在の下にうずくまる〈無〉へとつながるとともに、ロシアの後進性とも折り重なっている。そして彼は、純白な雪原の沈黙を〈聖なるロシア〉の啓示と読みかえて、ハルディンを裏切る決意を下す。

雪でおおわれた大地は一種の聖なる静止状態を呈していた。ラズーモフはそれにある畏敬の念をおぼえた。彼の内部でひとつの声が叫ぶようであった、「これには触れちゃいけない」これは未来への継続と現在の安全を保証するものだ……このロシアの大地が必要としているのは、民衆の相反するさまざまの熱望ではなく、剛毅なただひとつの意志である――多数のざわめく戯言《たわごと》でなく、ひとりの人間――強いただひとりの人間なのだ！（三三頁）

ロシア的な貧困と文化的な後進性を克服するには、「強いただひとりの人間」の指導、つまり専制政治が必要なのだというあまりにも聞き慣れた保守的ナショナリズムの言説空間のなかに、ラズーモフは絡めとられてしまう。それでは、このようなラズーモフの精神的転向のなかには、幼い頃から帝国主義という政治体制の非人間性をその記憶に刻みこまれていたコンラッドの抱く思想がどのように書きこまれているのだろうか。

すでに指摘したことだが、ニーチェ、フロイト、そしてハーディらの古代への回帰には、ヨーロッパ世界を形成してきた歴史の起源を探るというモチーフが宿っていた。そのような一九世紀末における文化史的なコンテクストのなかに置いてみると、ラズーモフの政治的転向には興味深い意味が潜んでいる。ラズーモフの見たロシアの雪原は、ヨーロッパ世界の歴史的・文化的連続性から切り離された場所《トポス》として認識されており、そのなかで歴史的時間を超えた超越的なものが示現し、その時間の流れの停止する場所《トポス》において、ラズーモフは〈祖国ロシア〉というナショナルなもの、地域的《ローカル》なものを発見している。だが彼が発見したナショナルなものは、市民社会を支える主体としての個人の自立を促すものではなく、むしろ自立を断念した個人の崩壊した内面の拠り所として表れている。ラズーモフの政治的な転向は、理性に基づく西欧的な価値体系の中では後進的なものとされていた、民族的なもの、ナショナルなものに対する排他的な信仰の誕生する瞬間を鮮やかに浮かびあがらせている。それはまたヨーロッパという世界の分裂化と、世界大戦へと通じる列強の対立の激化をも暗示している。

3　政治の歯車

ラズーモフはハルディンを警察に引き渡した後、次のようにノートに書きつけている。

「正義」をめぐる争い

国際主義でなく愛国心を
革命でなく進歩を
破壊でなく指導を
分裂でなく統一を（六六頁）

ここにはラズーモフの心を走っている亀裂が書きつらねられている。彼のなかでは、自らを「正義」と標榜する二つの思想あるいはイデオロギー（独裁政治と革命運動、ナショナリズムと市民主義、穏健的改良主義と過激主義など）がせめぎあっている。ラズーモフという「一人の平凡な市民」がここで直面しているのは、どのような主義・信条が正しいかを考えることの困難性ではなく、どちらの正義が正しいかを二者択一的に選択させられ、どちらかの正義に自己投入《コミットメント》することを人に迫る政治状況に潜む暴力性である。これは一九世紀の作家ジョージ・エリオットの小説に見られるような、市民ひとりひとりの生き方や行為に関する道徳性を問いかけながら市民社会における正義の所在を探ることを主題とする作品には描かれない、二〇世紀的な正義をめぐる問題であり、次の場面に見られるように、個人の道徳的葛藤に関わりない「政治の歯車」の動きにコンラッドの焦点はあわされている。

ハルディンが逮捕され、ラズーモフにとって事件はすべて終り、彼は以前の静かな勉学生活に戻れるはずであった。ところが、ある日ラズーモフは出頭要請をうけミクーリン顧問官の前に立つ。ラズーモフは、自分はハルディンの実行した暗殺計画とは関わりをもたなかった、潔白の身であると断固として述べる。そして以前の平穏な勉学生活に戻る旨をつげ、戸口の方に歩いてゆく。その時ミクーリンはラズーモフにさりげなく呼びかける。


おちついた声が言った——

「キリロ・シドーロヴィッチ」

ラズーモフはドアのところで振りかえった。

「ひきとらせていただきます」と彼はくりかえした。

「どこへですか?」とミクーリン顧問官はおだやかにたずねた。(九九頁)

「ひきとらせていただきます」というラズーモフの言葉には、静かで堅実な生活に戻りたいという切実な願いがこもっている。だがそれは、「どこへですか?」という思いもかけぬミクーリンの問いかけの言葉——ラズーモフにはもはや帰る場所がないことを宣告する言葉――となって、まるで暗い洞窟に響くこだまのようにラズーモフの身にはね返ってきた。彼の声はいったい何にぶつかり反響したのであろうか。彼の声がぶつかったものこそ、「政治」にほかならない。願いのこもった人間の言葉を、別の意味の言葉に変えてしまう不気味な洞窟のようなものとして、ここには政治が姿を現している。

政治という洞窟

政治という洞窟は、この作品を包みこみ薄暗い闇を至るところに広げ、気味悪く存在している。この洞窟の内部では「人間のもっとも高潔な理想」を抱いているハルディンも、「屠殺者みたいに」死をまきちらす存在であり、ハルディンの理想も、ラズーモフの切実な願いのこもった肉声も、変形され屈折をうけグロテスクで醜怪なものへと変ってしまう。明るい光の下では人間の表情を帯びていた物事は、この洞窟の内部では不思議な光学で屈折され、怪異なものへと変貌してしまう。このような人間の行為の意味を変えてしまう「洞窟」として政治的対立というものを見る視点はE・M・フォースター『インドへの道』におけるマラバー洞窟にもまた表れている。この洞窟の闇の中では、肩を誰かにふいに軽くたたかれる、というようなささいな事が、思いもかけず屈折し拡大され、誰かに襲われるという恐怖にまで増幅されてしまう。いろいろな物音や人のさまざまな声も、すべては薄気味悪い無限に単調な反響と化し、ある名状しがたい闇がたちこめているのだ。支配者イギリス人と被支配者インド人との間のコミュニケーションの困難さを取りあげたこの作品の中で、マラバー洞窟は断絶や混乱を生みだす暗い子宮のような中心点として象徴的に描かれている。

しかし『インドへの道』においては、終末部において、民族対立を越える相互理解の可能性が暗示されている。マラバー洞窟の世界は、リベラル・ヒューマニズムの伝統に立つフォースターにとっては、あくまでも否定されるべきものであり、彼は西欧的な知性（＝秩序）への信頼を手放すことはない。それに対し『西欧の眼の下に』

においては、政治的対立状況におけるコミュニケーションの困難さはますます深まっていく。

政治の歯車

ラズーモフはミクーリンによって、ロシア国外に亡命している革命家たちの動静を探るスパイとしてジュネーブに送りこまれる。ハルディンの革命的行為に協力した人物という偽りの風評がスパイとして役にたつことにミクーリンは気づき、これを利用することにしたのだった。ラズーモフはスパイであることを隠し、革命家たちの信頼を獲得し仲間として迎えいれてもらうことを図るが、ロシアを離れてスイスにきた彼は、自分はこの世のどこに位置しているのかと自問する。自己を失った人間が、自分の居場所を捜してさすらうというアイデンティティの問題がここに表れてくる。ラズーモフの心の中には、まるでもうひとつの内なる洞窟のように、自分とは何者かという疑問がこだましている。

聖なるロシアの神話の霊感をうけ、保守主義者に転向したことはラズーモフに何ももたらさなかった。スパイの任務を引きうけたとき、まるで異物を飲み下すように彼は政治というものを喉元に飲みこんだが、彼の心はそれを吐きだそうとする。革命家たちに対して、ラズーモフは彼らの政治信条には関わりなく、ただ彼らの卑劣な人間性に対し耐え難い嫌悪を感じるだけでなんらの共感も感じない。政治の網の目に捕らわれながら、彼は政治的認識の深化を図ろうとせず、ただ心の支えをどこかに――政治が関与しないどこかに――求めている。そして彼はハルディンの妹ナタリーと知りあい、彼女を愛し始めることになる。こうして物語の進行から政治の歯車の響きは遠のき、かわってラズーモフの罪の意識に焦点が移っていく。

政治と倫理

『西欧の眼の下に』の後半部におけるこのような展開に対し、アーヴィング・ハウは「政治的テーマを非政治的なものに解消しようと努めている」と批判している。(3) また、佐伯彰一は「主人公の状況をなんとかして倫理化し、救いあげようという努力」を読みとったうえで、政治と倫理という「そもそもの把握に無理がある」と結論を下している。(4) ここで『西欧の眼の下に』において表れている政治性について、問題点の所在を明らかにしておきたい。

まず確認しておきたいことは、作者コンラッドは『西欧の眼の下に』においては、『ノストロモ』に見られるような成熟した政治的洞察を示そうとはしていないことである。それはラズーモフの転向や反体制活動家の描き方に如実に表れていると言えよう。ラズーモフの裏切りには、市民的自由とはなにか、思想の自立性の条件とはいかなるものかという問いかけは見られず、またジュネーブにたむろする革命運動家たちの描写には、革命を必然とする客観的状況とはいつ生まれるか、あるいは支配者と大衆の矛盾のなかにおける前衛の役割はなにかといったような問題は追求されていない。この作品においてはどこにでも見かける平凡な市民の眼を通して、たがいに相手を否定しあうような形で対立している勢力の間で、どちらの掲げる正義が正しいかを二者択一的に突きつけられる政治状況に潜む暴力性が鮮明に映しだされている。このことはコンラッドが〈政治的〉な作家であったことを示しているが、同時に彼が〈政治的〉な作家という枠組みには収まらないことも示している。コンラッドは全体主義への反対とか、民主主義の擁護といった具体的政治問題に自己投入《コミットメント》する作家ではなく、この意味でオーデン＝スペンダー・グループやジョージ・オーウェル、また一般のコミュニストとは明確に一線を画している。(5) それでは政治対立の孕む暴力性を見つめるコンラッドの思想的立場はどこにあったのだろうか。それは『西欧の眼の下に』の語り手であるイギリス人語学教師と、主人公であるラズーモフの見せる自己投入《コミットメント》を拒否する生き方に表れている。人間、思想、運動、事件、——そういう一切に関わりをもたない地点で生きること、つまり必ずある地点で距離を設け、自己を固守する反歴史主義の立場にたつこと、それがコンラッドの立つ第一の立場である。そして第二の立場として、一転して、そのアウトサイダー的な立場を守り抜くことが不可能であり、しかも、それがひとつの罪（＝裏切り）にほかならないことをコンラッドは見つめている。そして最後に第三として、それにもかかわらず傍観者であることの倫理的な可能性が追求されている。『西欧の眼の下に』の前半が「宿命と化した政治」を描いているとすれば、傍観することの倫理的根拠を追求している後半部は、いわば「宿命と化した倫理」を描いているのである。

4　沈黙の世界

告白

やがてラズーモフはハルディンの妹ナタリーと知りあう。大柄な体に灰色の美しい瞳が彼をまっすぐに見つめていた。兄ハルディンが手紙の中で唯ひとり名をあげた友人に対し、ナタリーの心は開かれていた。彼女に会ったときラズーモフは自分の落ちこんでいた虚偽のいとわしさを知ったに違いない。ラズーモフはナタリーを愛し始め、彼女もラズーモフにひかれてゆく。だがそうなると、自分がハルディンを密告した人間であることを隠しているのが、ますますラズーモフには苦しくなってくる。ラズーモフはナタリーにすべてを打明け、その足で革命家たちの集会にでかけ告白をおこなう。そ

図III-7　コンラッドの妻ジェシー

してリンチにあい耳の鼓膜を破られた彼は、その夜、雨の中をさまよい歩き、ついに朝方に電車にひかれてしまう。

その夜、止まりもせず、休みもせず、あちこちと行ったり来たり、ラズーモフが音もなくどこをどう歩いたのか、だれも知らない。しかし、少なくともひとつだけは、彼の足のむいた場所として後にわかったことがある。そして、朝、南湖岸まわりの始発電車の運転手が彼の姿を見たのである。泥まみれのずぶ濡れになった男が帽子もかぶらず、首うなだれて、ふらふらと車道を歩いていたのだ。運転手は夢中になってベルを鳴らしたのに、電車のまえに踏みこんできて、轢《ひ》かれてしまったのだった。

いあわせた人たちに助けだされたとき、片側の手足が折れ、脇腹がつぶれていたが、ラズーモフは意識を失っていなかった。ラズーモフは転倒し、わが身を砕かれ、唖の世界に落ちこんだみたいだった。（三七〇頁）

不具者となったラズーモフは、とりあえず死はまぬがれたものの、もはや長く生きつづけることができる可能性はなく、聴覚を失った彼が沈黙の世界のなかでゆるやかな死を待つところで物語は終わっている。

沈黙の世界

この結末は、コンラッドの作品のなかでも、とりわけ暗鬱である。なぜならラズーモフが支払った代償はあまりにも大きいからだ。ナタリーの愛を失うだけでなく、ラズーモフはリンチによって聴覚をも失い、完全な沈黙のなかでまるで生きているのに埋葬されてしまうような目にあう。ではこのラズーモフの「生きながらの死」は何を意味しているのであろうか。C・B・コックスは沈黙の世界に生きるラズーモフの姿に、自己を引き裂く矛盾に耳をふさいだ、この作品以後のコンラッドの姿を見いだしている。(6) しかし、そ

図Ⅲ−8　ジョウゼフ・コンラッド

れよりも強く読者の胸に訴えかけてくるのは、ラズーモフの沈黙が語りかけるものである。彼は独裁政治の非人間性にも、あるいは自分をリンチにした反体制勢力にもまったく抗議する言葉を発しない。そもそもハルディンを裏切った彼には、他者を道徳的に善悪の基準に立って裁くことはできないし、いったんは〈祖国ロシア〉の啓示によって帝政《ツァーリズム》に帰依した彼にとって、いまさら独裁政治の非人間性を非難することはできない。だがそういう道義的、あるいは政治的理由よりも深いものがラズーモフの沈黙を通して示されている。それは単独者を襲う「告発することの不可能性」という問題である。

　フォースターが『インドへの道』において、対立する政治状況のなかで相互理解の困難性を描いたとしたら、コンラッドは人間はけっして一方的な被害者の立場にはいないことを主題化している。被害者でありまた加害者であるラズーモフの沈黙は、人はいかなる政治的暴力にあおうとも、倫理的に誠実であろうとするかぎり、けっして自己の身に及ぶ〈暴力〉を被害者として告発できないことを語っている。では、それは個としての人間存在の無力性の認識に基づくコンラッドのペシミズムを示しているだけなのであろうか。

　コンラッドがここで示しているのは単独者、あるいは運動や事件に関わりをもたない地点で生きる人間の宿命である。自己の一生を狂わせ、自己の生命をも奪おうとする政治的・社会的暴力に対し、自分にはそれを告発する根拠がないことを認知すること、それが最後のぎりぎりの倫理的決断であることがここには示されている。それゆえにこそ、『西欧の眼の下に』は、イデオロギー対立という二〇世紀的な状況における「政治の歯車に巻きこまれる一人の平凡な市民の悲劇」を描きながらも、「被害者の文学」には見られない精神の孤独で暗い輝きを示している。手足を折られ聴覚も失ったラズーモフが、時間の停止した場所《トポス》で「生きながらの死」に耐える姿は、あたかも盲目であることがホメロスにおいて芸術創造と結びついていたように、祖国ポーランドの独立に殉じた父に背を向けてイギリスに帰化し、祖国を捨てた裏切り者という非難を浴びながら、英語という不自由な外国語と苦闘しながら革新的な小説世界を切り開いたコンラッドの姿そのものにほかならないのである。

〈第Ⅳ部〉

社会のなかの場所《トポス》

第六章 「家」という場所《トポス》

1 はじめに

金貨と贋金

言葉というものが事物（外界）と精神（内面）を表象しうるという信仰が崩れ、その結果、伝統的なリアリズムの技法は解体の危機に瀕し、言葉を操る主体としての人間もまた危機に陥っていると唱えられている。いや、そういう指摘がおこなわれてから久しい年月が経過していると言うべきなのだろう。そして記号体系によって規定される人間という存在を見舞ったこういう構造的な水準での変化を最も早くから自覚した作家のひとりが、一九二五年に『贋金つくり』を発表したジードであったと言われている。ジードにとってはもはや言語というものは実在を表象・再現できる機能を失っており、貨幣とのアナロジーに従えば、言語は財宝としての価値をもつ金貨ではなく、また国家によって発行される商品交換の媒介としての兌換紙幣でもない。言葉は現代にあっては、貨幣がもつ三機能——価値尺度、流通手段、価値の貯蔵手段——を失い、いわば無の位置にまで転落しており、ただ個としての人間（芸術家）が偽造する贋金（虚構）として命脈を保っているというわけだ。(1)

こういう言語観の転換をうけて、〈私〉というものをナイーヴに信じることはもはや不可能になりつつある。ベンヤミン流の解釈によれば、複製技術が発達し芸術から真正《オリジナル》なもののもつ輝き《オーラ》が失せコピーとしての商品が消費社会の市場に流通する時代にあっては〈私〉もまたコピー化するしかない。(2)〈私〉が創造という行為の出発点になるというのはいつの時代でもありうることであるが、〈私〉の欲求なるものは――ヘーゲル思想においては自己実現の契機として位置づけられていたが――今や大量消費を促す社会システムによってコントロールされるものと見なされ、その結果〈私〉の欲求は他者の欲望の反映にすぎなくなる。こうして二〇世紀に入ると、行動や出来事の下に「真実」、「本物」、「実態」といったものを想定し、それを透明な媒体とされる言語によって客観的に認識することをめざすリアリズムの文化は衰え、また同時にリアリズムという技法を支える主体としての〈私〉という存在も揺らいでくる。

さて前置きがいささか仰々しくなってしまった。贋金としての言葉、〈私〉への不信、リアリズムの失権などということを持ちだしたのは、ジェイン・オースティン(Jane Austen, 1775-1817)の文学について考えようとするとき、これらの問題を避けて通ることはできないと思えたからだ。なぜならオースティンという作家はイギリスのリアリズム文学の頂点に位置する作家のひとりであり、オースティンのテクストは言葉(知性)と人間性(私)への信頼に根ざしており、「静かだが確固たる価値観」(3)に支えられているからである。果たしてオースティンの文学は生の現実を忠実に再現することの不可能性があらわになりつつある現代という時代において、いかなる豊かな創造性を秘めているのであろうか。

2　恐怖からの解放

書くこと、小説を批評すること

ふつう世の多くの人々は日常を退屈と見なし、様々な形で非日常的でロマンチックな世界に心を誘われる。ところがジェイン・オースティンの描きだす小説世界は一八世紀末から一九世紀にかけてのイギリスの田舎に暮らす中・上流階級に属する人々（といっても、准男爵より位が高い貴族はほとんど登場しないが）の日常生活である。しかも『ボヴァリー夫人』風に言えば「ロマンの欠如」した世界でありながら、オースティンの一見したところ平凡きわまりない作品は、日常を扱いながらそれを非凡な喜劇的世界に転化することにより、いささかも飽きるところがない。夏目漱石は晩年オースティンの作風に共鳴し、彼の言うところの「則天去私」の精神が実現されている作品に『高慢と偏見』をあげ、自らの文学のひとつの理想としている[4]。では、漱石から「Austenの深さを知るべし。Austenの深さを知るものは平淡なる写実中に潜伏し得る深さを知るべし」という賞賛をうけるような文学世界を切り開く糸口を、いったいオースティンはどのように摑んだのだろうか。そこにオースティンにおける場所《トポス》の位相を知る鍵が潜んでいるはずだ。

しばしば指摘されることであるが、独創的な小説というものは既成の小説のパロディから出発し、そこから新しい小説の世界を作りあげ結果として旧来の小説表現を駆逐し、ついにはその失権を促すというケースが見られる。『ドン・キホーテ』とそれに先行する多くの騎士道物語のテクストとの関係は、それを示している典型的な事例とされている。そしてオースティンもまたセルバンテスと同じく在来小説のパロディを試みた作家だった。彼女の作品は先行するゴシック・ロマンスなどのテクストの吸収、書き変えによって成り立っているのであり、しかもその書き直しのプロセスは無意識的・自然的なものではなく、きわめて意図的だった。つまり自己の小説の世界とその方法を模索していた初期のオースティンにとって、小説を書くとは小説を批評する行為にほかならなかったのである。(5) こうしたオースティンの小説に見られる相互テクスト性は、例えばオースティンの初期の作風を最も残す小説と言われる『ノーサンガー・アビー』(*Northanger Abbey*, 1818)を見ると歴然としている。(6) 彼女がいかに在来小説を批判の眼差しで見つめ、その批判的認識のなかから「家」という場所《トポス》のもつ重要性をいかに発見していったかを検証してみよう。

図Ⅳ-1　ジェイン・オースティン

平凡なヒロインの登場

『ノーサンガー・アビー』を読むと、なんと言っても女主人公キャサリン・モーランドの存在に目が向く。ゴシック・ロマンスに熱中し、ドン・キホーテさながらに空想と現実を取り違えてしまい、滑稽なしくじりを重ねるキャサリンはオースティン以前の小説に見られるようなヒロインらしさをもっていないからだ。オースティンはいかにも皮肉な、次のような文章でこの作品を始めている。

> 幼い頃のキャサリン・モーランドを知っていれば、まさか彼女が小説の主人公になるなどとは誰も想像できなかっただろう。(第一巻第二章)(7)

そしてさらに追い打ちをかけるように、オースティンは幼年時のキャサリンをいかにも楽しげな筆致で以下のように紹介している。

長い間キャサリンは兄弟の誰にも負けないくらい不器量だった。彼女はやせてぎすぎすしていたし、膚には色つやが欠けており、髪は黒っぽくて柔らかすぎたし、顔はいかつかった。容姿についてはこれくらいでよかろうが、気質の方も、同様にヒロインに向いているとは思えなかった。男の子の遊びが何から何まで大好きで、おとなしく人形をだいているよりもクリケットをする方が好きなのだった。やまねをなでたり、カナリヤに餌をあげたり、バラのつぼみを見て水をあげたりするなどという、いかにも幼い頃のヒロインにふさわしい喜びには目もくれなかった……彼女の才能の方も、ヒロインとしては普通とは言えなかった。彼女は教えられなければなにひとつ覚えず理解しなかった。教えられても駄目なときもあった。というのもしょっちゅう不注意で、ときには頭が弱いのではないかと思えるのだった。(第一巻第一章)

こうしてキャサリンは、当時は淑女の必須の素養とされていたピアノや絵画を好きになることもなく読書の趣味をもつこともなかった。こういう風に読者に紹介されている彼女の人間性の要点はその健康的とも言える平凡性にあり、その意味で彼女からは、類いまれな美貌とか美徳、あるいは数奇な運命などというような従来のヒロインらしさは払拭されている。キャサリンに見られる既成のヒロイン性の否定という試みには、対象というものを美化することなく、観念的な世界の理解の仕方を排し、実生活に根ざしたものとして事物を具象的に描こうとするオースティンにおけるリアリズムの精神が表れており、そこからゴシック的な恐怖からの解放と、田舎の「家」

というものへの関心が生まれてくるのだ。

恐怖からの解放

キャサリンは『ユドルフォー城の怪奇』を読み、すっかりその魅力の虜になっていた。それゆえ、宏壮で古い歴史をもつティルニー家の城館ノーサンガー・アビーに招待されたとき、キャサリンはそこには不思議な謎や秘密が隠されているのではないかと思い、胸を期待でふくらます。だが、小説の世界は謎や秘密に満ちているとしても、現実の生活は平凡なものでしかなかった。カーテンが風にゆれ、蠟燭の明りが風に吹き消されるたびに、事件の到来と思い興奮してしまうキャサリンの姿はまったくユーモラスである。彼女の素朴な人柄は魅力であるとともに、容易に愚かさへと転移するものなのだ。そして彼女のその愚かさは「現実」によって処罰されねばならないのである。処罰による覚醒の瞬間に向って物語は進んでゆく。

ノーサンガー・アビーの当主ティルニー将軍は、キャサリンを歓待したが、死んだ妻の部屋は見せようとしなかった。ゴシック的世界に傾斜していた彼女は、あろうことかティルニー将軍は妻を殺害したか、あるいはその部屋に幽閉しているのではないかと空想してしまう。彼女は無謀にもその部屋に立ち入り、そしてティルニー将軍の息子であるヘンリーに見とがめられてしまう。キャサリンとヘンリーはたがいに心を惹かれていたが、ヘンリーはキャサリンの途方もない空想を察知し、彼女を諭すのである。

もし僕の考えてるとおりなら、あなたは口にもできないほど恐ろしいことを想像なさっていたんですね。ねえモーランドさん、あなたが抱いていた疑惑がどんなに恐しいものか考えてごらんなさい。なんでいったいそんな判断をしたんです。ぼくたちの生きている国と時代を考えてもごらんなさい。ぼくたちはイギリス人だし、ぼくたちはクリスチャンなんですよ。あなたの理解力に頼り、実際に起こりうる事件とはどんなものか分別を働せ、身の回りに起きていることを冷静に観察してごらんなさい。ぼくたちの受けた教育は、そんな悪逆非道なことが身の回りで現実に起こるなどと教えていましたか。この国の法律が黙っているはずはないでしょう。みんな隣人に囲まれ見張られているし、道路や新聞が普及していて、なんでもあからさまになっている。こんなに人々の交流や文章による伝達がさかんなイギリスのような国で、悪逆行為が人に知られずに行なえるものでしょうか。(第二巻第九章)

自分が思いを寄せているヘンリーにこのように諭された時、キャサリンは自己の愚かさをヘンリーの眼を通して目撃させられた。この瞬間にゴシック・ロマンスの恐怖からキャサリンは解放されたのであり、オースティンの眼差しはこれ以後、ゴシック的な夜の闇を見つめることはなく、「家」という場所《トポス》の内部に向かっていく。

オースティンの「笑い」

キャサリン・モーランドというヒロインが登場する『ノーサンガー・アビー』にはオースティンの「笑い」の特色が表れている。この作品にあふれる滑稽なおかしさはいったいどこから生じているのか、そのことを考えてみると、笑いの生まれる理由は当然いくつか思い浮かぶが、あえてひとつに絞るならば、読者には見えているものが作中人物のキャサリンには見えていないところにあると言えるだろう。例えば、キャサリンがノーサンガー・アビーで黒い古簞笥を調べ秘密の古文書を発見したに違いないと胸を高鳴らしたとき、読者は彼女の期待が裏切られることをすでに承知しており、それゆえ翌朝キャサリンが発見した紙片が洗濯伝票にすぎないと分ったとき、安心して喜劇的滑稽さに身をゆだねることができる。また人物の交渉に例をとれば、オースティンの小説では、登場する若い男女のあいだで誰と誰とが結ばれるかは読者には初めから見えている。オースティンの世界は、いわば読者には自明なものとして開かれており、ただ作中人物だけがそれを知らないのである。言いかえるならば、オースティンの作品にあっては、世界は自らの自明性を提示しているのであって、オースティンにとって日常生活とは、事件らしい事件が存在しない平凡性を刻印された自明な世界と映っていたのだ。「みんな隣人に囲まれて見張られているし、なんでもあからさまになっている」というキャサリンを諌めるヘンリーの言葉は、オースティン自身の認識でもあったろう。だが、謎・恐怖・神秘として世界をとらえるのではなく、あからさまな、さらけ出された、自明なものとしてとらえることは必ずしも世界を平板なものとして割り切ることを意味しない。あからさまにさらけ出されたものが必ずしも「真実」とは限らないからである。そう考える時オースティンにとって、平凡性と自明性を刻印された日常世界は、固有な解読作業に価するものに転化していく。このことは『ノーサンガー・アビー』の結末におけるティルニー将軍の正体をめぐって起る〈逆転〉に示されている。

「家」のなかの闇

ティルニー将軍はキャサリンを歓待し、彼女が息子のヘンリーと交際することを喜んでいたが、実はそれは彼女が莫大な財産の相続者であると思ってのことであった。だが、それが自分の思い違いであったことを知ると彼は冷酷無情にもキャサリンを邸から追い立ててしまう。見せかけは立派だった将軍は、内実は自己の「家」の富の増大にしか関心のない、暴君とも言える利己主義者だったのである。ここには「ティルニー将軍の利己主義が彼女（＝キャサリン）が彼の仕業と考えていた空恐ろしい罪よりなお悪質である、という発見」(8)がある。いかに道路や新聞が普及し、法律が人々を守っていようと、ゴシック・ロマンスとは別種の「恐怖」や「事件」は、人々のさりげない生活のなかにも潜んでいる。自明な世界は同時に不安な世界でもありうるのだ。『ノーサンガー・アビー』以後、家の内部に視線を集中するオースティンが何を発見していったのか、次作『分別と多感』（*Sense and Sensibility*, 1811）について検討したい。

3　オースティンの「客間」

「家」という場所《トポス》の解読

父がとつぜん病で死に、母親とともにエリナとメアリアンは長年住みなれたノーランド・パークを立ち退かざるをえなくなる。姉妹の異母兄ジョンがノーランド・パークを相続し、そこに移り住むからである。わずかな財産しか遺されなかった母娘は厳しい現実に直面することになった。臨終の床についていた父は、妻と娘たちの行く末を案じ、息子のジョンを枕元によびよせ、くれぐれも後のことを頼んで死んでゆく。だが父のこの懇願にもかかわらず、ジョンは母娘に援助の手をなんら差しのべない。

吝嗇で利己的な人間ではあったが、ジョンは父の懇願にこたえ妹たちに相応の金額を贈与することを本当に考慮していた。だが妻ファニーの反対にあうと彼の善意はまたたくまに消失してしまう。このような人間であるジョンの人物造型の特色は、その徹底した卑小性にある。彼は善人でもなければ悪人でもなく、取るに足りないつまらぬ人間、つまり凡人にすぎない。このような人物の心にふと浮かんだ善意が泡のように溶解してゆく過程を、ジョンとファニーの夫婦の会話を通して、オースティンは比類なく巧みに描き、夫婦の会話は見事な心理劇を構成している。ジョンが提案した一〇〇ポンドの年金を母娘にあたえることに反対してファニーは次のように言う。

でも気をつけてごらん遊ばせ。年金などがつくといつまでもいつまでも長生をするものですわ。おかあ様はがっちりして御丈夫だし、まだ四〇に手がとどかない位でしょう。年金なんてうっかり出来ないことですわ。毎年毎年やってきてとりつかれたらのがれられっこなしですよ。あなたは御自分でなさろうとしていらっしゃることがどんな事だかおわかりになっていらっしゃらないのよ。私は年金のうるささはさんざ承知しています。里の母が父の遺言で老いた召使にやる年金三つにつきまとわれて、どんなにいやな思いをしましたことか。毎年二度払い込まねばなりませんし、それを当人に届けるのがまた事ですの。その中一人が死んだってことでしたが、それがうそだったりして、母はもううんざりしておりましたわ。自分の収入もこう始終はたからとりあげられるのではまるで自分のものではないようだと申しておりました。その年金のことさえなければ財産はまったく母の思い通りになるはずだったのでございますから、父のやり方は余計に思いやりがないと申すものですわ。それで私は年金なんてつくづく嫌になって、これからさき一生どんな事があろうとそんなものの支払いに自分をしばりつける気はございませんわ。(9)

ファニーの言葉には、まるで不思議な呪文がもつような、奇妙な説得力がこもっている。それは言うまでもなく論理的な説得力ではない。年金の支払いのわずらわしさをくどくどと言いたてた時、ファニーはジョンの視点を経済的現実からそらし、人間の心理的な現実へと向けたのであり、そして「心理」という磁場にそれを置いた時、それはもはや無ではなく、その存在は主観的意識の中で巨大化するのである。人間の行為とか事件、あるいは愛や憎しみといった激しい人間感情を対象として取りあげるのではなく、あたりまえのどこにでもいる人間の心の奥まで透視する繊細な心理描写はオースティンが初めてイギリス小説にもたらしたものであり、彼女をヘンリー・ジェイムズやヴァージニア・ウルフといった二〇世紀の作家と結びつけている。オースティンの平凡きわまりない世界は、じつは「家」という場所において凡人と言われる人々の「心理」を透視することによりフィールディングにはない未知の領域としての内面世界を切り開いているのである。

オースティンの「客間」

小説は卑俗な現実に最も密着している文学様式であると言われている。それは規範の束縛や約束事に縛られない最も自由な表現様式であり、それだけにしばしば構成と統一を欠き、無形式な散漫に陥りやすい。だがオースティンは、年金の贈与あるいは遺産の分配などの生活の細部に没入していながらも、同時に彼女の小説世界は堅固な構築性を獲得している。彼女の視線はいったいどこに集中されており、彼女の世界の境界線はいったいどこに引かれているのであろうか。地方に住む中流階級の人々の生活にオースティンの世界が限定されていることは誰の目にも明らかな事実である。だがそのような一般的な説明ではなく、オースティンの作品の内部にその答を求めたい。

オースティンの視線はほとんど家の内部に集中していると言える。家の延長としてその周辺――庭や周囲の風景――が描かれることはあっても、彼女の視線が家から離れることはめったにない。さらに注意するならば、彼女は家の内部をくまなく見渡しているのではなく、家の中の一点を凝視している。その一点とは、家族と客たちとが集まる客間である。家とは外部の世界を遮断し、その内部に家庭という私的な世界を現出させるものであり、客間はそのような家の内部にあって、ただひとつ外の世界に向かって開かれている空間である。家の内部と外部が交錯する、客間という場所《トポス》こそがオースティンの世界の中心点と言えるのであり、オースティンは私室にひとりきりでいる人間の姿はほとんど描いていない。彼女にとっては、客間の中で人々に囲まれている姿こそが人間の本来の姿にほかならなかったのだ。

オースティンの小説におけるこのような「私室」の不在は、彼女の文学の性格を象徴的に物語っている。オースティンの世界においては、人間が私事《わたくしごと》をもつことは許されていないのであり、人はいつも他者の眼差しにさらされている。オースティンの小説は、一見社会的意識を欠いている私事の世界のように見えるかもしれないが、内実はまったく異なり、外に向って開かれている世界であり、それはすべてが他者の眼差しにさらされあからさまになってしまう客間という場所《トポス》を中心点とした世界なのである。

オースティンの「客間」は、言うまでもなくイギリスの地方中流階級の世界の縮図である。だが「私室」を許されず、たえず他者の眼にさらされ噂話の対象とされている若い女性たちは、この「客間」の中で何を考えているのであろうか。代表作『高慢と偏見』(*Pride and Prejudice*, 1813)に目を転じてみよう。

図Ⅳ-2　オースティンの育ったスティーヴントンの牧師館

4　理想の場所《トポス》の提示

理想の場所《トポス》

『高慢と偏見』においては、これまで扱った二作には見られなかったほどに「家庭」の問題が正面から取りあげられ、それによって人間の生の様相は、確かな手応えの感じられる社会性を獲得している。オースティンはこの作品で、家庭とはいかにあるべきかという問題を考え、家庭を作りあげる理想の人間としてエリザベスとダーシーという一対の男女を選び、さらに家庭という共同体が存続する条件について問いかけている。

主人公エリザベスは、最初は高慢としか見えず嫌悪していた男性ダーシーが、実は人間性ゆたかな理想の紳士であることを知り自己の愚かさを痛感する。それまで秘かに自己の知性を誇りに思っていた彼女が、自己の思いあがりと軽率さを痛感し、そして反省した時、彼女はオースティンが人間に求める「叡知」を初めて獲得したのである。そして、やがて叡知をたたえた眼差しでダーシーの住むペムバリー・コートをとらえたとき、エリザベスはダーシーという人間の内実を、あたかも彼の生身の肌に触れたかのように理解するのだ。ペムバリー・コートという屋敷はダーシーという人間のアイデンティティを示すものとして次のように描かれている。

馬車で行く途中、はじめてペムバリーの森が見えだしたときには、さすがにエリザベスは、軽い胸騒ぎを覚えた……荘園は、たいへんな大きさで、すばらしい変化に富んでいた。彼等は、いちばん低いほうから入って、しばらくのあいだは、ひろびろとつづく美しい森のあいだを抜けて走った。

エリザベスは、もう胸いっぱいで言葉も出ず、すばらしい眺望がくるごとに、思わず讃嘆の声をあげて眺めた。半マイルばかりだらだら坂になっていて、それを登りつめると、高い丘の頂きに出た。森はここで尽きて、たちまちパッとペムバリーの邸が目に入った……大きな美しい石造の建物で、丘を相当登ったところに、一面森に蔽われた高い山脈《やまなみ》を背にして、建っていた。前は、自然そのままの景勝になった流れが一筋、ぐっと大きくふくらんでいたが、といって人工の跡は何もなかった。両側の堤は、妙に改まった様子もなく、またよけいな人手も加わっていない。エリザベスは、すっかりうれしくなった。これほど自然がそのまま生かされ、自然美が、つまらない趣味によって傷つけられていない景色を、今まで見たことがなかった。（四三章）(10)

図Ⅳ-3　地方紳士階級の館

エリザベスはペムバリーを包む自然を讃嘆の眼で眺めている。彼女は居住という視点からペムバリー・コートを注視しているのであり、その時ペムバリーを包む自然はエリザベスの眼には人間によって傷つけられていない、本来の自然の姿と映じている。だが、ここでエリザベスは気づいていないが、それは本来の「自然」などではなくじつは居住という視点から人間が手を加えた自然である。それは人間が踏みならしてきた自然であって、いわばペムバリーの自然は人間が発見し切り開き秩序づけてきたものなのである。

支配者の「家」

邸の中に入りエリザベスはさらに驚きを新たにする。それは彼女が豊かな富を感じたからではなく、真の優雅さを見いだしたからであった。エリザベスは食堂に入り、つくづく見とれてしまう。

釣合いのとれた大きな部屋で、きれいな調度が入っていた。エリザベスは、ちょっと部屋の中を見まわしてから、窓のところへ行って、外の眺めを見た。いま下りてきたばかりの緑の丘が、こうして遠くから眺めると、いっそう切り立って見え、ひどく美しかった。土地のたたずまいは、すべて申し分なかった。彼女は、全景――河を、長々とつづく堤の樹立を、そして谷のうねりを、眼路《めじ》のきくかぎり、晴れ晴れとした思いで眺めた。部屋から部屋へと移ってゆくと、そのたびに景観の配置は変ったがどの窓からみても、美しい景色に変りはなかった。部屋は、すべて天井が高くて、美しく、家具調度類もまた、所有者《もちぬし》の富にふさわしいものばかりだった。といって、それは、つくづく彼（＝ダーシー）の趣味に感心させられた点であるが、妙にケバケバしかったり、むだに上等だなどというものは、なに一つなく――ロージンズ邸のそれと比べて、豪華さこそ乏しかったが、ほんとの優雅さは、はるかにこちらが立ち勝っていた。（四三章）

言うまでもなく、家とは人間が生活を営む場であり、その生活の必要を満たすために家具や調度類が置かれ、部屋が配置されている。それは住むという目的のために構成され秩序づけられた場なのであり、全体的統一と調和が実現されていなければならない。オースティンにとって、ペムバリーとはそのような彼女の夢《ヴィジョン》が託された場所であった。だが、その一方で、ペムバリーは経済的側面から見るならば、巨大な富によって築かれた支配者の家である。ペムバリーの広大な邸とそれを囲む自然。そして内部の優雅で充実した生活空間。それらはいずれも英国という階級社会の矛盾のうえに成立しているのであり、さらに英国から世界へと視野を広げるならば、大英帝国の植民地支配のうえにペムバリー・コートという支配者の家は建っている。『高慢と偏見』という作品でオースティンが取りあげられなかった支配者の家の抱える矛盾は次の作品『マンスフィールド・パーク』（*Mansfield Park*, 1814）において、ファニー・プライスというヒロインの登場によって、問われているのである。

第七章　解体へ向かう「家」――『マンスフィールド・パーク』を読む

1　ファニー・プライスというヒロインについて

異色のヒロイン

ジェイン・オースティンの小説の方法的特色は、想像力を狭い小世界に集中することにある。地方に住むわずか数軒の家庭の内部に、彼女の視線は注がれている。(1) オースティンは、日常生活に題材を限定しているが、彼女はたんに卑近な現実への接近を試みたのではなかった。通俗的なゴシック・ロマンスが好んで取りあげるような異常な事件を拒否し、日常性という側面から地方の小社会の現実をとらえたのである。取るに足りない些末な出来事をひたすら注視し、そこに浮かびあがる人間の心理や感情を分析する作業を、オースティンは可能な限り精密におこなった。その結果、彼女の小説は小さな象牙細工のような完璧性を備えることになり、(2) 写実主義小説のひとつの完成を示したのである。

だが、このような鋭い写実性を見せるオースティンの作品のなかで、『マンスフィールド・パーク』は異色な要素を内包している。ヒロインとして登場するファニー・プライスは、幼いときに富裕な親戚の家にあずけられ、そこで様々な苦労を経験する。そして、最初はみすぼらしかったこの少女は、やがて美しい淑女へと成長してゆくのである。シンデレラ物語を彷彿とさせるファニー・プライスの著しい変貌には、明らかに象徴性ないしは寓意性がこめられている。それゆえに、『マンスフィールド・パーク』は従来からオースティン文学のなかでは異色の作品と見なされ、ともすれば低い評価を受けがちであったが(3)、この作品は写実主義小説という枠組には収まらない独自の文学性を備えている。オースティンの後期の創作活動の開始を告げる『マンスフィールド・パーク』の魅力に迫ってみたい。

貧しき縁者

マンスフィールド・パークは英国中部のノーサンプトン州に位置し、ロンドンからはおよそ一〇〇マイルの距離にある。バートラム家はこの地方の名門であり、ファニー・プライスは一〇歳のときに家庭の経済的事情からここに引きとられる。准男爵の家柄を誇るバートラム家に比べれば、プライス家は社会的な地位も財力も比較にはならなかった。ファニーにとり、伯父のサー・トマス・バートラムによって養育されるのは、夢のような幸運のはずであった。だがマンスフィールドに来て、ファニーはただ癒しがたい劣等感を植え付けられるのである。

ファニーは従兄弟たちの傍にいても、離れていても、いつも一人ぽつんとしていた。勉強部屋にいようと、客間にいようと、また生け垣にでても、彼女は一人きりで、誰かの姿を見てはびくびくし、何かに怯えてばかりいた。無口なバートラム令夫人にはすっかり落胆させられ、またサー・トマスの威厳にみちた顔を前にすると畏れの念しか感じられなかった。そのうえ、ノリス夫人は何かにつけてお説教をし、ファニーの自信をなくさせるのであった。

年上の従兄弟たちと比べると、ファニーは痩せていて背も低く、自分のおどおどした態度が恥ずかしかった。女中たちはファニーの服装を見るとくすくす笑い、家庭教師のリー先生はファニーのあまりの無学さにすっかりあきれていたのである。（五一頁）(4)

このように、ファニーは自分の劣等性を初めて知らされ、従兄弟たちとのあいだに越えられない深い溝を意識している。生家では長女として弟や妹たちを世話していた彼女は、マンスフィールドでは「卑しい少女」の立場に転落してしまったのである。

図Ⅳ-4　当時の夜会服

2　〈私〉のいる場所

漂うこと　プライス家とバートラム家のあいだに挟まれて居場所を失い、あてもなく「漂る。

う不安」を抱くファニーは、漂泊者の眼——余所者としてバートラム家を外部から見つめる眼であり、また親を失った孤児の眼でもある——を内面化しつつ成長していく。ファニーというヒロインは、その身体はマンスフィールド・パークのなかに置かれているが、その精神はバートラム家というものを、屈折した眼差しで見つめている。

余所者として、また定住する場所をもたない貧しき縁者として、「漂泊者の眼」によって周囲に生起する事象を相対化することを宿命づけられたファニーは、"doing"「行うこと」ではなく、"being"「いること、存在すること」の関係志向のなかにある。(5)そしてトム・ジョーンズやデイヴィッド・コパフィールドのように外界における水平軸上の放浪ではなく、屋根裏—二階—客間—地下室という「家」という場所《トポス》の内部における垂直軸上の放浪をファニーはおこなっている。漂う感覚から脱却して不変なるものとの同化を目指すファニー・プライスの精神的な巡礼の旅は、その象徴性においてバニヤン『天路歴程』を彷彿とさせる。なにかに働きかけ、支配していくという意味での「行うこと」でもなければ、またすべてを見てとる観客として「いること、存在すること」とも違い、ファニーは居場所を失って漂いながら「家」という場所の内部の構造を照らしだしていくのである。

マンスフィールドのなかでファニーが置かれた境遇は、彼女が住む「小さな白い屋根裏部屋」が象徴的に示している。言うまでもなく、屋根裏部屋は家のなかで最も劣悪な部屋である。そこには「客間」がもつ開かれた社交性もなければ、また「個室」がもつ私的な自立性もない。訪問客の眼にふれない屋根裏部屋には狭さ、暗さ、寒さなどの否定的な感覚がつきまとい、そこには『ジェイン・エア』において狂女バーサが閉じこめられた屋根裏部屋のように、おどろおどろしい監禁・幽閉のイメージが内在している。

オースティンの世界では、屋根裏部屋は、いつかはそこから脱出したいと願わざるをえないものとして描かれている。そこは秘密の宝物の在りかが記された地図が隠されていたり、あるいは退屈を持てあました子どもが冒険の夢にふけるような異世界へ通じる魔法の場所ではない。屋根裏部屋は想像力の飛翔の場所ではなく、人間社会の差別や権力関係が構造化された場所として提示されている。このことはオースティンの文学的立場が反ロマン主義であることから見れば、一面において了解できるのだが、その結果味気ない現実性（リアリズム）をオースティンの文学は背負うことになる。果たしてファニーはどのように狭い屋根裏部屋からでていくのであろうか。ファニー・プライスの受難と救済の物語は、家のなかの最上階に位置する屋根裏部屋を起点に始まっているのである。

西インド諸島への眼差し

やがてファニーが一八歳に成長したとき、マンスフィールドにクロフォード兄妹が姿を現す。洗練された都会人である二人の出現は、静かなマンスフィールドの生活に大きな変化をあたえずにはおかなかった。クロフォード兄妹の登場により、バートラム家の内部には大きな軋轢が生じる。

バートラム家には二男二女がおり、そのなかでサー・トマスが信頼するのは次男のエドモンドであった。エドモンドはファニーに優しい思いやりを示す青年であり、英国の伝統的な「紳士」の理想にかなう人物である。これに対して、長男のトムはいたずらに遊蕩にふける怠惰な道楽息子にすぎなかった。またマライヤとジュリヤの姉妹は、何かにつけて厳格であるサー・トマスを疎ましく思っている。二人は父の権威からの解放を求め、自由な都会に憧れているのであった。エドモンドを除けば、バートラム家の若者たちは地方紳士階級が重んじる伝統的倫理に背を向けている。

クロフォード兄妹がマンスフィールドに姿を現すのは、サー・トマスが農園の監督のために遙か西インド諸島のなかのアンティガ島に出立した後のことである。オースティンは一般的に「風俗喜劇作家」と言われているが、サー・トマスのアンティガ島への出立のエピソードは、オースティンの世界が紳士淑女の生みだす風俗の領域を超えていることを語っている。それだけではなく、このエピソードは――ロビンソン・クルーソーのような冒険の舞台として植民地をとらえるのではなく――オースティンの世界が伝統的なイギリス小説の〈境界〉を超えて、植民地という大英帝国の領土を射程に入れていることをうかがわせるものである。マンスフィールド・パークというイギリス紳士階級の邸宅は植民地の支配によって成り立っていることをオースティンは暗示しており、オースティンの支配―被支配という権力関係の図式に対する認識は、いままでに見た階級の問題（バートラム家とプライス家の階級的差異など）だけではなく、西インド諸島という植民地的な支配の現実にまで及んでいる。フェミニズム批評は言うまでもなく、ポスト・コロニアリズムという新しい風が吹いているなかで、オースティンのテクストは近代西欧の矛盾をとらえたものとして新しい読みの可能性を有している。

〈私〉のいる場所

クロフォード兄妹がマンスフィールドに姿を現すと、マライヤとジュリヤはたちまちヘンリー・クロフォードに心を奪われてしまう。だが、ヘンリーは姉妹を相手に恋の遊戯を楽しんでいるだけである。一方、エドモンドは華やかな魅力にあふれるメアリー・クロフォードに引きつけられていく。ファニーはひそかにエドモンドを愛していたが、無論それを口にすることはできなかった。エドモンドとメアリーの関係が深まっていくのを、ファニーはただ見守っているしかなかったのである。

クロフォード兄妹が登場し、こうしてマンスフィールドの生活にさざ波が立ち始めたとき、ファニーの住む部屋は三階にある屋根裏部屋から二階の「東部屋《イースト・ルーム》」に移っている。三年前まで家庭教師の先生が住んでいたこの部屋は、その後は誰も訪れる者もないままに空室となっていた。そして、ファニーだけが折にふれて使っているうちに、いつしか彼女の私室と見なされるようになったのである。狭い屋根裏部屋は今では寝室として使われ、ファニーは東部屋で自分だけの時間を過ごしている。だが、この部屋で暖房を焚くことは、伯母のノリス夫人によって禁じられてしまう。

暖炉が消えている東部屋は、若い女性の私室としては寒々としている。しかし、この部屋にはファニーの様々な思い出が満ちており、ファニーの内面と一体化していると言える。ここでは、部屋のすべてが彼女に向かい語りかけてくるのであった。

部屋の向きがとても良かったので、暖炉の火がなくても、早春や晩秋の午前中でも、ファニーのように前向きな気持ちの者には住むことができた。少しでも陽の光が差すあいだは、たとえどんなに暇なときでも、ファニーはこの部屋から追い出されないようにとねがったのである。一階で嫌なことがあったときには、この部屋にくれば、なにかの仕事やなにかの思いの糸が手近にあり、すぐに慰めを見つけることができたのであった。彼女が大切にしている鉢植えや本……書き物机や慈善のための縫い物、工夫をこらした刺繍などがすぐ手の届くところにあった——もしも何もする気にはなれず、ただ物思いに耽るしかないときでも、部屋の品物一つに目をやれば、それにまつわる楽しい思い出がうかんでくるのであった——あらゆる品物が友であるか、あるいは思いを友のもとに導いてくれるのであった。（一七三頁）

このように、ファニーの傷ついた心を癒す東部屋は、不思議な実在感をもっている。というのも、この部屋は住む者に慰安をあたえる「私室」としての機能を果たす一方で、暖炉が消えていて、誰もこの部屋を使いたがらないことが象徴するように、「空室」という側面をも併せもっているからである。東部屋がもつこうした二重性は、オースティンにおける〈私〉の存在の希薄性を語っている。屋根裏部屋が想像力を刺激する場ではなかったように、私室にひとりで閉じこもることは、他者との共生、他者との相互依存関係を基本とするオースティンの人間認識からは、一時的には許されても、最終的に認められるものではない。オースティンは私室の親密性と寒々しさを描くことにより、〈私〉の場所が自と他のあいだにあることを語りかけている。

家屋と人間

「家屋は人間存在の最初の世界である」と言われている。幼い子どもにとって家屋は全世界そのものと言えるものであり、人はまさに家屋というものに住んでいるからこそ、成長して世界のなかに入っていくことができる、と指摘されている。(6) 家屋と人間との豊かな親和性ということを考えてみると、オースティンの世界には家がもつ現実的な価値である「身体の保護」という価値とは異なる想像の価値──記憶のなかの生誕の家がもつような絶対的な内密性(7)や、薄暗くじめじめした屋根裏部屋を楽しい秘密の隠れ家に変換してしまう夢想性──が欠落している。オースティンの世界は象牙細工のように「制作」という芸術意識によって構築されている小世界であり、オースティンが愛読したモンテーニュのようなフランスのモラリストたちのもつリアルな人間探求の精神に貫かれているが、この小世界は「世界の中の、世界に祝福された、一微小世界(8)」として輝いているのではない。ではこの欠落のなかで想像力の翼なしにファニー・プライスは、閉ざされた世界からいかに抜けだしていくことが可能なのだろうか。マンスフィールドにおいて若者たちが素人芝居に熱中するときが、ファニーの変貌をもたらす契機となる。

3　解体へと向かう家

ファニーが二階にある東部屋に寂しくたたずんでいるとき、マンスフィールドの一階ではバートラム家の若者たちとクロフォード兄妹とが、素人芝居の上演の計画に熱中している。上演する芝居の選定や配役の決定などをめぐり、各自の様々な思惑が絡みあい、若者たちはサー・トマスの留守を幸いに、賑やかな騒ぎを演じる。そんなとき、長男トムは玉突きをしながら、ふと撞球《ビリヤード》室を劇場として使うことを思いつく。

劇場化される家

「こんなにひどく傷んでいる玉突き台は、めったにあるものではないよ。まったく、この世に二つとある代物じゃない。もう、これにはとても我慢できないよ。どんなことがあったって、まあ、この台では二度と玉突きをする気にはなれないね。でも、いま素晴らしいことに気づいたんだ。この部屋は劇場として使うにはうってつけだとはおもわないかい。部屋の間取りといい広さといい、本当にぴったりじゃないか。端にある二つの入り口は、お父様の部屋の書棚を移すだけで、五分もあればつなげられるだろう。もしも僕たちが劇場の場所を探していたとすれば、もうこれ以上のところはないよ。それにお父様の部屋は楽屋にするのにもってこいだ。まるでそのために撞球《ビリヤード》室の隣にあるみたいじゃないか」(一五〇頁)

トムのこの言葉のなかには、古い物を大切にする気持ちは微塵も感じられない。彼の態度は、小さな思い出の品を大切にするファニーとは好対照をなしている。ある意味で、トムがもう使わないと言った古くて傷んでいる玉突き台は、マンスフィールド・パークの未来を暗示していると言える。なぜなら、マンスフィールド・パークという由緒ある伝統的世界は、この玉突き台のように、やがては時代の波に押し流され、後継者たちから遺棄される運命にあるとも見なせるからである。そして、マンスフィールドの生活秩序を覆し、古い家具や調度類を押しのけて出現するのは、若者たちが芝居を演ずる「劇場」なのである。ロンドンからは遠く離れているマンスフィールドという地方的世界と、そのなかに作られる劇場との組みあわせは、深い寓意性を秘めている。

もともと、劇場は広場や公園、または市場や街路などのように、人が集まる場所に建てられるものであろう。それに対して、家は衣・食・住などの生活の心要を満たすものである。家族関係が成立している家という場は、娯楽を求めて人々が集まる劇場とは対照的な関係にあると言える。それゆえに、マンスフィールドの一階に現れる劇場は、日常世界と虚構的な演劇世界とが入り乱れているような異様性を備えている。それが端的に示されているのは、予定を早めてとつぜん帰宅したサー・トマスが家のなかの混乱を見て愕然とする場面である。サー・トマスは家具が乱雑に動かされているのに驚き、さらに家の中を見回ってみると、劇場の舞台の上では、見ず知らずの人間が男爵の役を練習しており、大声で台詞をどなっていた。

サー・トマスは自分の部屋に何本か蠟燭がともっているのに驚かされた。そして、あたりを見回すと、さいきん人が入った徴候が他にもあり、調度が全般に乱れていた。撞球室《ビリヤード》の前の書棚が移されているのが特に目についたが、それに驚いている暇もないうちに、撞球室から物音がきこえてきて、さらにびっくりさせられた。誰かがそこで声高にしゃべっているのだった――声に聞き覚えはなかった――しかも、しゃべってい

図Ⅳ-5　オースティンの親しんだハンプシャーの風景

> るというよりは――ほとんど怒鳴っているのであった。サー・トマスは戸口に歩みより、いっしゅん直接の通路があるのを嬉しく思った。そして扉をあけてみると、なんと彼は劇場の舞台のうえに立っており、絶叫している若者と向かいあっているのであった。その若者は彼を後ろに突き倒さんばかりの勢いであった。（一九八頁）

この場面は滑稽な筆致で描かれている。しかし、このようにして威厳に満ちた家長が見ず知らずの若者と不意に出会っている光景は、たんなる滑稽さだけではなく、奇妙な夢が現実化しているような異様性を感じさせる。ありえないはずの人と人との出会いが実現してしまう虚構の場である舞台を備える劇場は、若者たちが創りあげる新しい時代の暗喩《メタファー》とも見なせるだろう。

この素人芝居上演の挿話においては、家というものは、あくまでも人が自己に真実であるべき場所であると考えるファニー・プライスの伝統的な道徳主義の立場と、それに対立する考え方とがぶつかりあっている。素人芝居に夢中になっている若者たちの行動の底には、芝居の役を通して様々な人物になりきり、多数の人生を経験しながら本質的な自己を探りだすというゲーテの『ウィルヘルム・マイスターの修業時代』に見られるようなロマン主義の思想が横たわっている。人間がもつ無限とも言える潜在的な可能性を掘りおこし、生の意味や自己の意識の拡大をめざす新たな価値観は、果てしない富の蓄積を志向する資本主義の精神につながっている。ロマン主義の運動という、イギリスだけではなくヨーロッパ全体を覆った時代思潮に対し、オースティンは劇場の舞台の上における経験（あるいはウィルヘルム・マイスター的な「演劇における遍歴」のモチーフに潜む危険性）を指摘している。劇場化された家を生みだし、そこを生の場とする新たな世代の代表であるヘンリー・クロフォードとその妹のメアリー・クロフォードについて考察する必要があるが、その前にクロフォード兄妹と対照的な位置にあるファニー・プライスの変貌について検討しなくてはならない。

舞踏会と地下室

これまでマンスフィールドの客間の片隅に影のようにひっそりと控えていたファニーは、徐々に客間の中央に位置を占めていく。それにつれて、ファニーは孤独な少女から美しい乙女へと変貌していく。ヘンリー・クロフォードは再びマンスフィールドを訪れたとき、ファニーの淑やかな姿に目を見張り、メアリーを相手に語る。

「おまえはちゃんと気づいていないらしいけれど、彼女はもっと注目されて当然だね。きのうの晩だってあの娘《こ》の話がでたとき、この六週間のうちにどれだけあの娘の器量が素晴らしく良くなったか、あんたたちの誰も気づいていないみたいだった。おまえは毎日みているから気づかないのは当たり前だけど、ほんとだよ、

図Ⅳ-6　踊る若い男女

彼女は秋のころとはまったくの別人だね。あの頃はただ物静かで控え目な、器量もまあまあの娘にすぎなかったけれど、いまじゃあ絶対に美人だ。肌の色も顔の表情もとくに見るべきものはなしと思っていたけど、あんなに柔らかな肌が、きのうみたいにたびたびほんのり赤く染まるのをみると、断然きれいだよ。それに、目や口もとをみたところでは、なにか表現したいことがあるときの表情の変化も、けっしてすてたものじゃない。それにさ――態度、物腰、全体の感じがなんともいえないくらい良くなっている！一〇月から、少なくとも、背が二インチはのびたにちがいない」（二三九―二四〇頁）

こうして、ファニーはあたかも不思議な魔法にかけられたように、あるいは神の恩寵が訪れたかのように美しい乙女に変身していく。やがてサー・トマスは小さな舞踏会をマンスフィールドで催し、ファニーを近隣の家の人々に紹介することになる。ファニーは晴れの舞踏会で人々の賞賛をうけ、彼女の純潔はマンスフィールドのなかに輝き始めるのであった。

ところで、これまでファニーを苦しめてきたのは、おもにノリス夫人であった。彼女は折にふれてファニーに対して意地悪な態度をとり、マライヤとジュリヤを依怙贔屓してきた。だが、ファニーに対する不当な仕打ちはともかく、バートラム家の姉妹とファニーとの間に歴然とした差別をつけるというノリス夫人の考えは、サー・トマスの考えでもある。また、ノリス夫人はサー・トマスの承認のうえにマライヤとラッシュワースとの結婚を押し進めたのであり、いわば彼女はサー・トマスの「分身」として位置づけられている。こうしたノリス夫人の存在が示すように、マンスフィールドには目に見えない暗部が潜んでいる。ファニーはもともと体が弱く、ノリス夫人に言いつけられたつらい用事を果たすと、たちまちぐったりとしてしまう。それゆえに、ファニーは逆境に打ち勝つ力強さに欠けている印象をあたえてしまう。だが、彼女の肉体的な虚弱性はマンスフィールドのもつ暗部と深く結びついている。なぜなら、バートラム家の人々の抱いている階級的な優越意識は、ファニーを屋根裏部屋と東部屋のなかに幽閉し、自由な行動を彼女に許さなかったからである。ある意味で、ファニーは人間として活動するのに不可欠である健康な肢体を奪われていたとも言えるのだ。

すでに見たように、晴れの舞踏会で優雅に主役をつとめ、ファニー・プライスはマンスフィールドのなかで美しい淑女へと変貌をとげた。だが、劣った出自のファニーを差別したバートラム家に内在する階級性は、まだ解消されたわけではない。家という場所《トポス》の内部を垂直的にさすらうファニーの巡礼の旅は、マンスフィールド・パークの浄化と再生に結びついている。ファニーがマンスフィールドのなかに確固とした存在の権利をうるまでの道程を見つめてみたい。

地下室としての生家

やがて、ヘンリー・クロフォードはファニー・プライスに結婚を申し込む。貧しい出身のファニーにとり、それは望外とも言えるほどに有利な結婚であった。ヘンリーはまさか断られるとは予期していなかった。だが、ファニーは戯れに女性をもてあそぶヘンリーの姿を目のあたりにしていた。ファニーはとても彼を受けいれられなかったのである。ところが、サー・トマスからヘンリーを拒む理由を問われたとき、彼女は途方にくれてしまう。すでにラッシュワースの妻となっているマライヤの名誉を傷つけるようなことは、とても口にできなかったからである。そのために、サー・トマスにとって、ファニーの拒否は非常識としか映らなかった。そこで、サー・トマスはしばらくファニーをプライス家に戻すことにする。

ファニーは生家に初めて帰ることができると知り、心を躍らせる。マンスフィールドで忍従の生活を過ごしているうちに、「家」はいつしか彼女の心のなかで美化されていた。懐かしい両親や兄弟たちのことが脳裏をよぎり、家族のすべてが自分を温かく迎える光景が浮かぶ。

久方ぶりに見る生家は、思っていたよりも小さく、そのうえ汚れていた。しかし、そんなことよりも、ファニーの期待に反したのは、彼女を迎える肉親たちの冷たい態度であった。弟や妹たちはとっくに彼女の顔を忘れており、しかも母親は毎日家事に追われて、ファニーへの配慮に欠けるのであった。そして、騒々しい家のなかで父親と対面したとき、ファニーはさらにみ

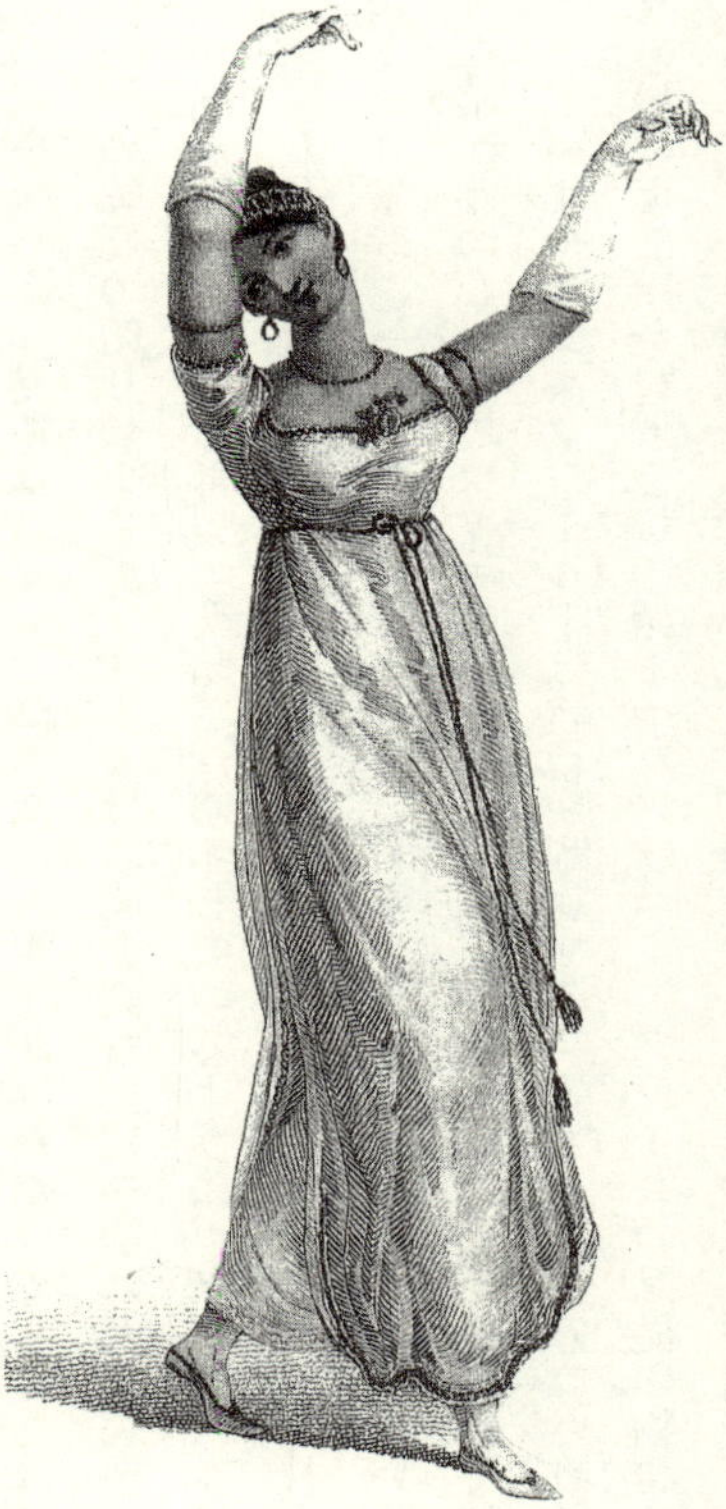

図Ⅳ-7　舞踏会の衣装

じめな幻滅を味わう。父親はファニーにちょっと声をかけただけで、あとは彼女の存在を忘れて新聞を読みつづける。一本の蠟燭の明りの下で、ファニーは新聞を読む父親を前に苦い失望をかみしめる。

二人が向かいあっている部屋の薄暗さが暗示しているように、プライス家にはわずかな光しか差さない「地下」のイメージが付与されている。バートラム家と比較すれば、プライス家は社会的に下位にあり、ファニーはいわば階級という階段を一歩一歩と降りていき、自らの出自にまつわるほの暗い世界に入っていく。そして、地下室のような暗がりのなかで、ファニーはマンスフィールドのもつ美点を初めて眩しく感じるのであった。ファニーにとって、いまやマンスフィールドは自己が帰属する「家」として意識されるのである。

三階の屋根裏部屋を起点として始まったファニー・プライスの忍従の物語は、二階の東部屋と一階の劇場へと場所を移し、さらに地下へと下降した末に、再びマンスフィールドに回帰しようとしている。だが、マンスフィールドがファニーに幸福を提供する「家」となるためには、そこに潜む暗部は切除されなくてはならず、またクロフォード兄妹の姿も消え失せなくてはならない。

4　「家」の変貌

演技者としての女性

メアリー・クロフォードは、エドモンドを挟んで終始ファニー・プライスと対立的な関係にある。しかし、彼女は見せかけだけの都会的女性として描かれているのではない。彼女は潑剌とした生命感と鋭い知性をもっており、『高慢と偏見』のヒロインであるエリザベス・ベネットの分身とも言われている。(9) それならば、なぜメアリーはファニーと対比されたうえで、作者オースティンによって厳しく批判されているのであろうか。

メアリー・クロフォードは自分を魅力的に見せる方法を知っている女性である。彼女のもつ華やかな魅力は、ファニーのように内面からあふれてくるのではなく、意識的な計算から作られている。

竪琴がとどき、彼女の美貌、機知、そして気立ての良さにいっそう花を添えた。というのも、彼女はとても愛想よく演奏し、その表現や趣味もたいそう良く、しかも一曲終わるごとに、なにか気のきいたことを言ったからである……美人で活発な若い女性が、彼女に劣らず優雅な竪琴をかかえ窓辺に腰をおろしている。窓は床まで切り下げられて、小さな芝生に向かって開いており、まわりは夏の豊かな枝葉を広げた低い植え込みに囲まれていた。そうなれば、どんな男性の心をとらえるにも十分であろう。季節も景色も音楽も、すべてが情愛と感傷を生むのにふさわしかったのである。（九五―九六頁）

図Ⅳ－8　ハープの演奏家。パーティなどではハープの演奏が当時の人々に好まれた。

ここで、メアリーが竪琴を手にして明るい窓辺に腰をおろしているのは、自分の魅力を演出するためである。そして、美しい音楽がエドモンドの心を惑わしているように、メアリー・クロフォードの優美な姿には、セイレネス（サイレン）のイメージが内在している。というのも、竪琴の調べは演奏者の心の清らかさを示しているのではなく、むしろその正体を巧みに隠して聞く者を欺いているからである。

言うまでもなく、船乗りを引き寄せて難破させるセイレネスのイメージは、しばしば文学作品にも利用されており、女性の妖しい魅力を示す象徴として用いられている。セイレネスの歌はどんなに美しく響いても、耳を傾ける人間の心を救うのではなく、逆に破滅にしか導かない。同じように、竪琴を手にして華やかな魅力をふりまくメアリー・クロフォードは、その優美な姿のなかに冷たい破壊性を秘めているのだ。

演技と本物

プライス家のなかで、ファニーはマンスフィールドに帰る日を待ちわびている。そして月日がたつうちに、ファニーは自分がこのまま見捨てられてしまうのではないかという不安にとらわれていく。そんなとき、不意にヘンリー・クロフォードがプライス家を訪問する。ファニーに結婚の申込を断わられながらも、ヘンリーの気持ちは変わらなかった。これまで頑なにヘンリーを拒んでいたファニーは、彼の愛情を信じかけるのであった。

ヘンリー・クロフォードはこのようにファニーに求婚してからは、まるで別人のように誠実な人間に変わってしまう。マライヤとジュリヤの心をもてあそんでいた頃は、ヘンリーはつまらない遊蕩児という印象しかあたえなかった。だが、ファニーの愛情をえようとしているヘンリーの姿は、そのような印象を拭い去ってしまう。なぜなら、ヘンリーはある意味でエドモンド以上にファニー・プライスのもつ美徳を深く理解していたからである。彼はたんなる遊蕩児ではなく、強い個性をもった人物として描かれているのである。

ヘンリーのもつ個性は、彼がシェイクスピアを朗読する場面によく表れている。ヘンリーが朗読しているあいだ、ファニーはそれを無視しようと心に決めていた。しかし、ヘンリーのあまりの巧みさに、ファニーは思わずひきこまれてしまう。

　上手な朗読になら、ファニーはもう長く馴れっこになっていた……しかし、クロフォード氏の読み方には、いままで出会ったことがない素晴らしさがいろいろとあった。国王、女王、バッキンガム、ウルジー、クロムウェルは、ぜんぶ順番に取りあげられた。というのは、まったくお手のものとばかりに、巧みに飛ばし読みしながら見当をつけ、彼はいつでも思いのままに、それぞれの人物の見せ場や名台詞を選び出すことができたのである。そして、威厳、衿持、情愛、後悔、なにを表現するにしても、いずれ劣らぬ美しさでやってのけたのである——彼の朗読はまったく真に迫っていた。（三三四—三三五頁）

ヘンリーの朗読はたんに巧みなのではなく、聞く者を感動させるほどの力をもっている。そこには真実の自己を、多くの演劇における役の経験を通して実現していくという自己形成の理念のひとつの完成形態が表れている。ヘンリーの姿は、次のようなゲーテについて言われた言葉を想起させる——「ゲーテにとって自由とは……並列的に多数の者であること、貧者であると同時に富者であり、僧侶であると同時に瀆神の放蕩者であり、王者でありながら泥棒でもあるような、そのようなあらゆる存在でありうる何でも無い者である事だった」[10]。オースティンにとってこのような「あらゆる存在でありうる何でも無い者」になるという自己形成の概念は一種の倒錯でしかないものだった。ヘンリーの行動そのものが彼の考え方の倒錯性を実証している。彼は享楽的な生き方を改めて、ようやくファニーの愛情をえられそうになるが、いまはラッシュワースの妻となったマライヤと駆け落ちしてしまうのである。冷たい眼でヘンリーを見る人妻のマライヤと会い、彼はまた誘惑心にかられたのであった。

牧師館

ヘンリーとマライヤの醜聞は、サー・トマスとエドモンドにとって大きな精神的打撃であった。サー・トマスは自分が娘の教育を誤ったことを知り、またヘンリーからの求婚を拒んだファニーの胸中をようやく理解する。ファニーはマンスフィールドに呼び戻され、やがてエドモンドと結ばれる。こうして、クロフォード兄妹はマンスフィールドから姿を消し、またノリス夫人もマライヤの後を追って去っていく。ファニーとエドモンドはやがてマンスフィールドの牧師館に住むことになり、二人の幸福な生活が暗示されて、この小説は終わっている。

このように、マンスフィールド・パークは都会からやってきたクロフォード兄妹をしりぞけ、またマライヤとノリス夫人を内なる悪として追放した。だが、オースティンが彼らに下した審判を重視しすぎてはならないであろう。マンスフィールドのもつ暗部は厳格な道徳主義によって取り除かれたのではなく、ファニー・プライスの精神的な漂泊の旅によって象徴的に浄化されているからである。マンスフィールドはたしかにファニーを幽閉したが、同時に、ファニーの美徳を開花させたのもマンスフィールドだったのである。暗い地下のようなプライス家のなかで、ファニーがマンスフィールドの美点を眩しく認識したとき、英国の伝統文化が息づくマンスフィールド・パークは、その真の価値を初めて明らかにしたのである。

しかし、エドモンドとファニーが幸福を手にしたとしても、クロフォード兄妹のいなくなったマンスフィールドは、やはり一抹の寂しさを感じさせる。都会から訪れてきた二人が姿を消したとき、伝統的世界の活性化の可能性もまた無くなったように見えるからである。また、サー・トマスが自らの誤りを認識し、いかに深い反省を迫られたとはいえ、マンスフィールドのもつ階級性は必ずしも解消したわけではない。それだけではなく、マライヤが強く反発した父権制度のもつ抑圧的な要素もまた消えたとは言えない。そのような社会的矛盾は、個人の意志や善意を越えて人間を規定するからである。だが、それではこの作品の結末は果たして空虚さを漂わせているのであろうか。オースティンは次のような言葉によってこの小説を締めくくっている。

牧師館はいままで二代の持主の手にあったときには、ファニーは近づくといつも気がねや不安を覚え、なにか辛い気持ちにならずにはいられなかった。だが、まもなくこの牧師館は彼女の心にとっていとしいものとなり、眼にはこのうえもなく完全なものと映るようになった。マンスフィールド・パークの視界と庇護のなかにあるものは、すべて昔からそうだったのである。（四五七頁）

ここに明示されているように、マンスフィールド・パークは理念的な世界と化している。そこは人が生活する現実的な場所というよりは、人間が望みうる理想的な世界として最終的に提示されている。

マンスフィールドの三階の屋根裏部屋から始まったファニーの受難の物語は、二階の東部屋と一階の劇場をへて、さらに地下をくぐり抜けた後に、ついにマンスフィールドの牧師館に至っている。ファニーの美徳が宿るこの牧師館は、いわばマンスフィールド・パークを支える「聖なる家」にほかならず、オースティン文学における最も純粋な理念《ヴィジョン》として、ひときわ眩い輝きを放っているのである。

〔第Ⅴ部〕

場所《トポス》の喪失

第八章　ディケンズ文学に流れるテムズ川

1　はじめに

万物の流動

かつてギリシャのヘラクレイトスは、「同じ川に二度と入ることはできない」と述べたという。これは世界というものを万物の流動という視点からとらえる思想の表明であるとされているが[1]、そういう解釈の是非はさておき、古来から川の流れが人を思索へと導いてきたことだけは確かなようだ。

だが川というものは、人を思索へと誘うだけではなく、人の想像力の発動を促すものでもある。田園のなかをながれる小川や、湿原とか草地を縫ってながれる細い水流は、これまで詩の題材として幾度となくとりあげられている。また、川が海と合流する広い河口も想像力を刺激してやまない場所である。例えば、コンラッドは『闇の奥』のなかで、テムズ川の河口を行き来する様々な船舶に思いを馳せている。コンラッドにとって母なる川テムズの河口は、イギリスという国が広大な世界と結びつく接点として意識され、さらに、それのみならず過去と現在、現実と幻想の接する場所と見なされている。

このようにテムズ川の河口に着目したコンラッドに対し、ヴァージニア・ウルフは『オーランドー』という奇想天外な書物――ちなみに主人公オーランドーは三〇〇年も生きている得体の知れない両性具有者である――のなかで、自然の暴力が示現するテムズ川の情景を描いている。

ここ三か月以上、川は実にがっちりと底の底まで石の如く永続的に凍りついたと見え、この氷床上に賑やかな市街《まち》があったのだが、それが今、逆まく黄色の奔流と変じていた。一夜にして川は解き放たれたのだ……川一面の氷山だ。球戯場ほどの広さ、家ぐらいの高さのもあれば、男の帽子ほどに小さいのが突拍子もなくくるくる回っている。と、そこへ氷の大船団がやってきて当たるを幸い沈没させてゆく。川はもう大蛇のように苦悶にあがき渦巻き、群がる氷塊を岸へ投げとばし、桟橋、橋脚にぶっつけながら突進する。だが何といっても凄まじい恐怖の絶頂は、一夜にして自由を奪われ、危険この上もなくぐるぐる回りする浮島を苦しみ悶え右往左往する人々の有様であった。奔流に飛びこもうが、氷島に留まろうが、運命はただ一つ。跪いて祈る者、赤ん坊に乳房をふくませている母親など、哀れな人々を満載して流れてゆくのもある。大声で聖書を朗読しているらしい老人。かと思えば、こういうのが一番恐ろしく不運なのだが、ただ一人猫の額ほどの住みかに乗っかっている人。海へ海へと押し流されつつ空しく救いを求めて、行いを改めますから、と狂乱の約束、懺悔、神よ、この祈りをお聞き届け下

図Ⅴ-1　ディケンズ時代のロンドン橋

されば、祭壇、お布施献納いたしまする、と誓ったりしているのが聞こえてくる。(2)

ここには恵みをもたらす川ではなく、その逆に人間に向かい破壊と災いをもたらす川が描かれている。荒れ狂うテムズは人間を不意に襲う不吉な運命のメタファーと化し、そこに人間の力を超えた神的暴力の示現する瞬間（そのとき人間は畏怖すべき聖なる暴力の前に為すすべをもたない）が表れている。

このように、川は様々な姿を見せながら人間の目の前を流れていき、ある時は人をこの世の果てへと誘い、ある時は人を空想の世界へと連れ去る。そしてディケンズの作品にも、川の流れの不思議な様相が示されている。ディケンズ文学に流れるテムズ川について考察を加えつつ、人間と川との関係について明らかにしていきたい。

2　『骨董屋』――「民衆の川」としてのテムズ川

民衆のなかに流れるテムズ川

ネルという可憐な少女が登場する『骨董屋』（*The Old Curiosity Shop*, 1840-41）はディケンズの小説のなかで最も人気を博した作品のひとつである。この小説の冒頭で、ディケンズはテムズ川の橋の上を通行する群集を描いている。

テムズ川にかかった橋（少なくとも通行税を取りたてられない橋）の上をたえずゆきつもどりつしている群集がある。天気のよい夕方には、多くの人がそこで足をとめてなんとはなしに水面《みなも》に目をやり、だんだんと広くなってゆく緑の堤のあいだをこの川は流れてゆき、ついには広大な海にそそぎこむと、ぼんやり考えている。重い荷物からひと息ぬこうと足をとめる人もあり、その人たちは、手すり越しにみやって、動きののぶいノロノロした運送船の上で、熱くなった防水帆布に横になり、陽光につつまれて、タバコをのみながら生涯をブラブラ送り、眠ったままでいるのがもうまったくの幸福と考えている。また、これとはまったくちがった人たちで、もっと重い荷を背負った人もいる。彼らは、溺死は苦しい死でなく、自殺のなかでいちばん安楽なものと、その昔だれかから聞いたか本で読んだことがあるのを思い出している。(3)（一章）

人口が密集し、多くの建物が軒をつらねるロンドンに暮らす人々にとっては、英国を貫いて流れるテムズ川は、人間が築きあげた都市という人口的な場所における数少ない自然のひとつである。当時のロンドンの汚れた空気が示すように、劣悪な生活環境のなかでの暮らしを強いられていた民衆にとり、テムズの堤や川端は格好の憩いの場だった。そして、家並がとぎれて広い視界が開ける橋の上は、日常の現実から解放される場所であり、そこにたたずむ人々にとっては、広々とした水上を航行する「運送船」は、たんに荷物を輸送する交通手段として目に映るのではなく、気ままな「自由」の象徴として映っている。また橋の上で「溺死」を想いうかべる人がいるように、生活苦にあえぐ民衆にとり、テムズ川は人間社会の束縛から人々を解き放すものであり、この母なる川はヴィクトリア朝社会の矛盾から都市の住民の心を浄化しているのだ。

少女ネルとテムズ川

テムズ川のこうした性格は、ヒロインの少女《リトル》ネルと重なりあっている。ネルは骨董屋を営んでいた祖父が破産したために、債権者から逃れなくてはならなくなり、やむなく祖父とともに放浪の旅にでる。それからは、ネルはまだ幼い少女でありながら祖父の世話をやくことになってし

図V−2　放浪の旅に出る祖父とネル

まう。本来は祖父の庇護をうける立場にいながら、実際には保護者の役割を果たすのだ。この小説の冒頭で語り手である「わたし」は、ある晩「まだ幼時の時期もぬけていない」ネルに道をたずねられたとき、こう感じる。

　彼女は、わたしと手をつないだが、その態度は、揺り籠の時代からわたしと知り合いといった信用しきったもの、ふたりはつれ立ってテクテクと歩いていった。この小さな女の子は歩調をわたしの歩調に合わせ、わたしが彼女を保護するというより、彼女が先に立ってわたしを案内し、世話をみているような感じだった。わたしは気づいていたが、彼女は、わたしがあざむいてはいないのをたしかめるといったふうに、ときどき調べるようなまなざしをわたしの顔に投げ、こうした一瞥は（とても鋭くピリッとしたものであったが）、それをくりかえすごとに、彼女の信頼感を大きくさせたようだった。（一章）

ネルは年齢的にはまだあどけない少女であるが、初めて登場するこの場面においてすでに大人の分別を備えている。というのも、語り手である「わたし」はネルと歩いているうちに「彼女が先に立ってわたしを案内し」ているような錯覚にとらわれており、またネルの祖父は「わたし」にこう語っている――「多くの点で、わたしは子供、あの娘が大人なんです」と。ネルは「少女」と「大人」という二面性を備えるヒロインとして生まれており、レスリー・フィードラーはネルのこの二面性を、「フリーク」のもつ典型的な性質と見なしている。フィードラーによれば、ネルはフリークの一員としての〈小人《こびと》〉にほかならず、ネルのもつ「子供年寄り」(4)のような特徴は、小人《こびと》がもつ一般的な性質なのである。「フリーク」についてフィードラーは語っている。

> 真のフリークのみが、男と女、性のある・なし、動物と人間、大と小、自己と他者、そしてそれにつれて、現実と幻想、経験と空想、事実と神話の間にある因襲的な境界線に挑戦をかけてくるのである。(5)

図V−3　幼いものの国

ネルは「大と小」「性のある・なし」「現実と幻想」などの境界を超えており、常識的な人間観（性別・年齢などによる分類）に従っていてはその魅力をとらえられない。これまでは、ヒロインとしてのネルの特色は、幼い少女の「無垢」な性質にあるとされていた。ネルの受難の物語に感動するにしてもあるいはその物語の通俗性を批評するにしても、いずれにせよネルを「無垢」な少女と見る点では変わりはなかった。しかし、フィードラーが指摘するようにネルは「自己と他者」

の境界を超えている「フリーク」として「無垢」とか「経験」という範疇には属しておらず、むしろ彼女は人間の心のなかに潜む「秘められた自己」(6)と見なすべきであろう。

フリークとファンタジー文学

『骨董屋』は発表当時には、たんにイギリス国内だけではなく、世界中にまで大きな反響を呼びおこした。しかし、いまでは周知のとおり、そのお涙頂戴的な感傷性のためにディケンズ文学のなかでしばしば批判の対象になっている。(7)ネルの自己犠牲は発表当時のヴィクトリア朝の人々は感動させたが、現代では往々にして読者の顰蹙《ひんしゅく》をかってしまうのだ。しかし、親（あるいは祖父）と子（あるいは孫）の絆を重んじすぎるディケンズの道徳的な人生観は批判されなくてはならないとしても、それでも、この小説には注目すべき点がある。なぜならネルの場合、深い愛情と強い道徳的な意識は、そのフリークとしての身体に宿っているからである。ネルの道徳観念は、たんなる社会生活の次元を超えて神話的な小人《こびと》の世界と結びついているのであり、そこに『骨董屋』という作品がもつ一種のファンタジー文学としての魅力が存在している。それゆえにこの作品は当時のヴィクトリア朝社会の人々に対し——いわばテムズ川と同じように——ある意味で、精神的な浄化作用を果たしたのである。

3　『リトル・ドリット』——「避難所《アジール》」としてのテムズ川

監獄のなかの少女

『骨董屋』では、ネルは終末部において幼くして世を去り、可憐な少女のまま「幼いものの国」のなかに永遠化されている。(8)しかしそれから一四年の歳月が経過した晩年のディケンズは、いわば成人したネルのようなヒロインが登場する『リトル・ドリット』（*Little Dorrit*, 1855-57）を執筆している。二二歳になるヒロインのエイミー・ドリットは、その小さくてやせている体つきと、内気でおとなしい性格から、人々からリトル・ドリットという愛称でよばれている（ちなみに、ネルはリトル・ネルとよばれていた）。彼女の父親ウィリアム・ドリットは長い間マーシャルシー監獄に入れられており、彼女はお針子をしながら年老いた父親の面倒をみている。『骨董屋』における「祖父―孫」の関係は『リトル・ドリット』では「父―娘」の関係に置きかえられているが、基本的な性質は同じである。しかし、二つの作品の大きな相違は、ネルが「幼いものの国」のなかに永遠化されているのに対し、エイミーはマーシャルシー監獄という「牢獄」のなかに幽閉されている点である。エイミーの父親のウィリアム・ドリットは、むかし巨額の借金を背負ってしまい、債務者だけを収容するマーシャルシー監獄に入れられた。そのときから彼はもう二〇年以上も収容されている囚人であり、じつはエイミーはこの監獄のなかで生まれた娘だったのだ。彼女は昼間はマーシャルシー監獄を出て、ロンドンの街の中でお針子として働きながら、夕方には帰ってきて、父とともに監獄のなかで暮らしているのである。(9)

「小さな母さん」

この作品のなかで、エイミーがロンドン橋の近辺をさまよう場面がある。彼女はある冬の晩にマーシャルシー監獄の門限に遅れてしまう。門はすでに閉まっており、中に入ることはできない。やむなく彼女は連れのマギーという女性とともに、屋外で一夜を過ごすことになる。マギーは年齢は二八歳ぐらいで、とても大柄な女性であるが、じつは知能が正常ではなく、自分をまだ一〇歳の女の子と思いこんでおり、エイミーを「小さな母さん」とよんでいる。しかし、二人が並んで歩いていると、外見からはマギーが母親でエイミーは小さな娘としか見えない。二人はしばらく監獄の門の隅にうずくまっているが、寒さにがまんできなくなり、ロンドン橋の方に歩いてゆく。

三時、そして三時半、そして二人はロンドン橋を渡った。潮の流れが橋脚にぶつかる音が聞こえた。川面《かわも》の暗い霧を通して恐れにみちた視線を下に投げると、橋の灯《あかり》が水に映る小さな光の点々が悪鬼の目のように罪と不幸への誘惑をこめている。橋の上の欄干《らんかん》の窪みで身を丸めて寝ている浮浪者のそばを、二人は身を縮めて通った……世を忍ぶ者たちが裏道の角から口笛を吹き合ったり、合図を送り合ったり、フルスピードで逃げ出したりするのを見て、二人はびくびくした……途中ですれ違う酔っぱらいや浮浪人の群から、「あの子連れの女を通してやんな！」という声が起こったことが再三あった。(10)（一四章）

ロンドン橋にたむろする浮浪者たちは、家庭や職業をもたない、社会のあぶれ者たちである。彼らは借金を背負ってマーシャルシー監獄に収容されている囚人たちよりもさらに貧しい社会的な劣等者であり、夜になれば行くところは橋の欄干や河原ぐらいしかない。彼らは日中にロンドン橋を通行する群集とは対照的な人々であり、彼らにとりテムズ川はたんなる川ではなく、むしろ避難所《アジール》として意識されている。ライオネル・トリリングは、牢獄は「社会の意志」が「個人の意志」を否定する場所であると規定しているが、(11)テムズ川が提供する避難所は、そのような牢獄とは対立する場所である。なぜなら、そこでは、罪人は必ずしも罪人とは言えないからだ。それはロンドン橋の付近を寒さにふるえながら歩いているエイミーとマギーに話しかけてくる次の娼婦の姿からも明らかである。

聖なる娼婦

エイミーとマギーが歩いていると、ふいにひとりの娼婦が現れて、マギーに向かい「あんたその子をどうするつもりなの」と話しかける。娼婦はエイミーをてっきり幼い子どもと思いこみ、寒さにふるえている姿を憐れんだのである。

「かわいそうな子！」女が言った。「こんな時間に子供を外に連れ出すなんて、あんたかわいそうだと思わないのかい。こんなに瘦《や》せてか細い子供なのに、あんた目がついていないのかい。こんな冷たい震えている小さな手に気づかないなんて、あんた感覚がぼけているのかい――どうもそうらしい様子だね」

女は傍に近づいて来て、冷たい手を自分の両手に挟んでこすってくれた。「哀れな、道を踏みはずした女にキスしておくれ」女は屈んで顔を寄せた。（一四章）

女は顔を近づけてから、自分が手をさすった相手がじつは大人の女性とわかって、すっかり取り乱してしまう。娼婦であるがゆえに、彼女は自分が普通の女性に話しかけることは許されないと思っていたからだ。男達に肉体を提供して生きている娼婦でありながら、彼女の精神には聖なるものが宿っている。エイミーはあたかも聖母に額ずくように、娼婦に礼を述べるのだ。

この場面にはエイミーのヒロインとしての性格が如実に表れている。マギーとともにロンドン橋を歩くエイミーは、社会的な落伍者である浮浪者や娼婦を見下すのではなく――彼女のやせ細った姿が示す肉体的な無力性からも明らかなとおり――彼らと同じ次元に立ったうえで見つめている。貧者を見つめるエイミーの優しい眼差しには、トリリングが指摘するように、「聖霊」のような包容力が表れている。(12)

フリーク・ショー――頭の弱い巨人と利口な小人《こびと》

しかし、ここではもうひとつ見逃せない点がある。というのは、マギーとエイミーが歩く姿は、「頭の弱い巨人と利口な小人《こびと》」というフリーク・ショーに登場する一対のコンビの姿と一致しているからだ。エイミーを「小さな母さん」と呼ぶマギーは、次のように描かれている。

二十八歳くらいで骨太で、顔の造作が大きく、手も足も大きく、大きな目をしていて、頭の毛はない。大きな目玉は透明で色がないくらい。光が当たっても瞳が動かず、不自然なほどじっとしている。顔にも盲人に見られるような、じっと耳を澄ます緊張の色があったが、彼女は盲目ではない。片目はかなり使えるのだ。そう醜い顔ではなかったが、これは笑顔のお蔭でそうなっているのだった。人のよさそうな笑顔で、それ自体は楽しそうだが、いつも笑顔が消えないところが哀れをさそう。大きな白い帽子には大きな乳白色のフリルがついて、いつもひらひらしていたが、これがマギーの禿頭《はげあたま》を隠していた。（九章）

知能の遅れている大女のマギーと、成育の遅れている小人《こびと》のエイミーは、いわゆる正常な人間を規準として作られている善悪や美醜の区別を超えており、さらには「牢獄」に象徴的に表れている「社会の意志」の非人道性を告発しているのである。

『リトル・ドリット』は、しばしば指摘されていることだが、ヴィクトリア朝英国社会を「牢獄」のイメージによってとらえている作品である。[13] エイミーがその中で生まれ、その中で育ったマーシャルシー監獄はたんなる小説の舞台としてではなく、ヴィクトリア朝社会の本質を示すイメージとして提示されており、「牢獄の影は、巧妙にもこの小説全体にわたって浸透し」ていると指摘されている。[14] しかしそのなかでテムズ川は牢獄の壁のなかに囲うことのできない場所《トポス》（＝避難所）として存在している。エイミーにとり、マーシャルシー監獄への道すがらに通るテムズの河畔は、いつも彼女の心に慰安をあたえてくれたのである。

しかし、この作品の完成から三年後に執筆された『大いなる遺産』（*Great Expectations*, 1860-61）では、テムズ川の様相は一変している。

4　『大いなる遺産』――「死の川」としてのテムズ川

ピップ少年はテムズ川の下流の小さな村に住んでいる。そこはテムズ川に接する広い沼沢地帯の一角だった。ピップはすでに両親を失っており、そのうえ七人の兄弟のうち五人までが幼いうちに死んでいた。そんなわけで、ピップは二〇歳以上も年長の姉によって育てられた。ピップの親代わりであるこの姉は、村の鍛冶屋のジョーと結婚し、それでピップもジョーに引きとられていた。

自己と世界の分離

ある冬の日の夕暮れどき、ピップは沼地にある教会の墓地にゆき、父（フィリップ・ピリップ）と母（ジョージアナ）と兄弟たちの墓を見ていた。ピップはその日のことをこう回想している。

図Ⅴ-4　リトル・ドリットとマギー

いろんなものについて、わたしが最初にうけた、いちばん鮮やかな、はっきりした印象は、ある忘れえぬ日の夕暮れちかい、うすら寒い午後の印象だったように思える。そのとき、わたしは、こういうことをはっきりと知ったのである。それは、このいらくさの生い茂っているわびしい場所は、教会の墓地であって、この教区の故人フィリップ・ピリップと、ならびに上記のものの妻ジョージアナとは、死んで埋葬されたということ、上記両名の幼児アレグザンダー、バーソロミュー、エイブラハム、トパイアス、ならびにロージャもまた、死んで埋葬されたということ、堤や土手や水門があって、牛がちらほら草を食べている、教会のむこうの、暗い、まっ平らな荒れ地は、沼地だということ、そのむこうに見える、低い鉛色の一条の線は、川だということ、そして、なにもかも恐ろしくなって、むしょうにがたがた震えながら、泣きだしている小さな子供は、ピップだということだった。(15)（一章）

ここには、一人の少年――ピップというありふれた名前は、この少年がどこにでもいる無名の大衆の一人であることを示している――の自意識の芽生えが鮮やかに描かれている。ピップはこのとき死者と生者を隔てる境界を知ったのであり、その瞬間から彼の一個の人間としての生活が始まる。それは、自己（一個の有限な生命）と世界（無限の空間と時間のなかの自然）との分離の始まりであり、彼が見つめる「鉛色の一条の線」のような川の流れは、少年のまだ知らない外の世界を暗示している。そして、この冷たい外の世界から、思いがけない男がピップの前に現れる。

〈悪〉との出会い

寂しい教会の墓地で泣きだしたピップは、てっきり自分のほかにはだれもいないと思っていた。ところが、とつぜん墓石のあいだから一人の男が立ちあがり、恐ろしい声でピップに向かってどなるのだ。

「やかましい！」だしぬけに、教会の玄関のわきの墓のあいだから、ひとりの男がむっくり立ちあがって、

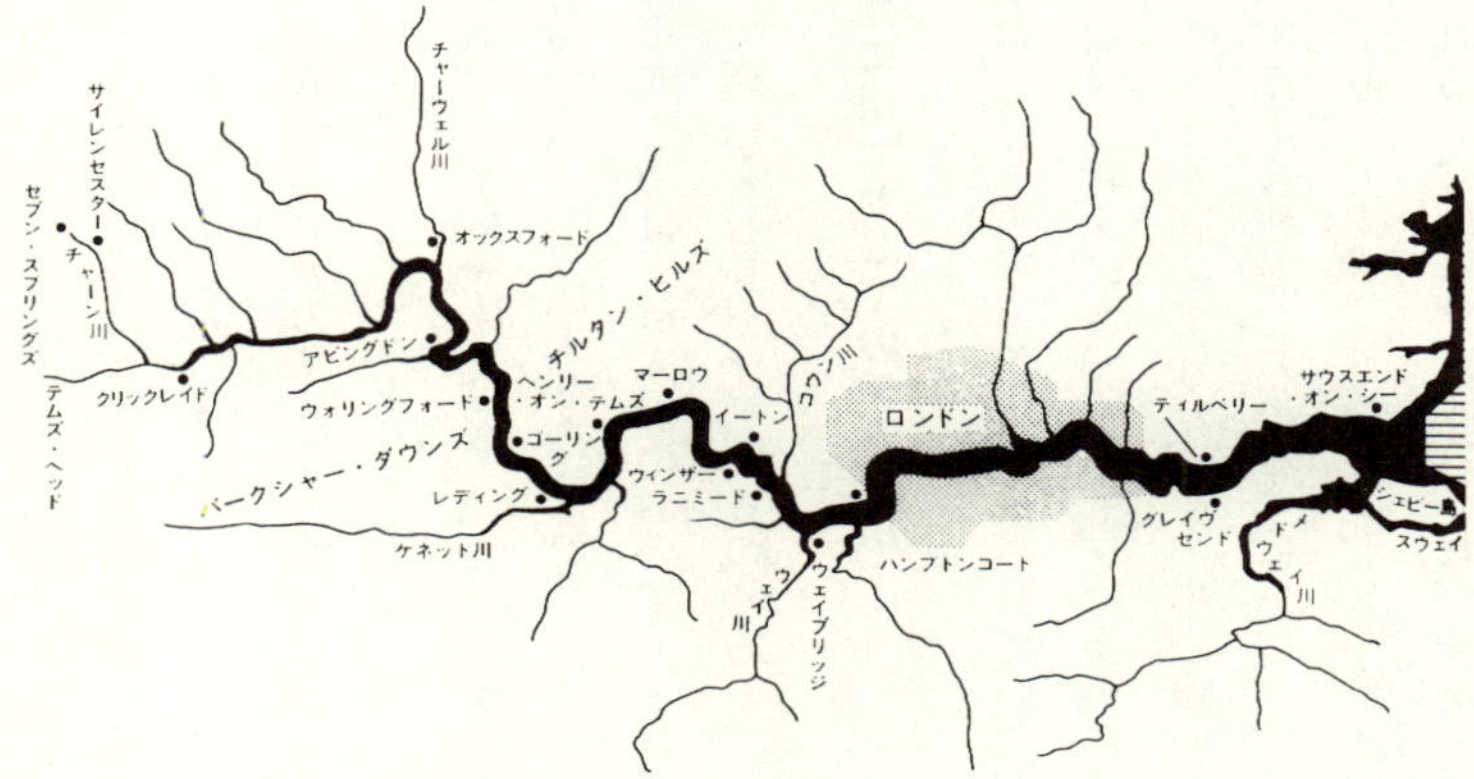

図Ｖ−５　母なるテムズ川の流れ

恐ろしい声でどなった。「静かにしろ、餓鬼め！　でないと、きさまののど首を掻っ切ってやるぞ！」

それは、粗い灰色の服を着、一方の足に大きな足伽をはめられた、恐ろしい男だった……びっしょり水にぬれ、泥まみれになり、石ころで足をいため、かたい石で傷をうけ、いらくさに突き刺され、いばらに引っ掻かれていた。彼は、びっこをひき、ぶるぶる身震いし、眼をぎょろぎょろ光らせながら、うなっていた。そして、歯をがたがた鳴らせながら、わたしの顎《あご》をつかんだ。「おおう！　ぼくののどを切らないでください！」と、わたしは仰天して嘆願した。（一章）

とつぜん現れたこの狂暴な男は、「ハルクス」という監獄船から逃亡してきた囚人だった。しかし、ピップは監獄船の存在など知らなかったし、ましてや目の前の男が脱獄囚であるとは知るよしもなかった。ピップの前に現れた脱獄囚について、ポール・ピクレルは述べている――「弱くて受身の立場にいる子供が、大人の社会に対して抱く怖れのすべてが彼（＝脱獄囚）に集約されている。大人の邪悪な能力、残忍な感情、その強さと狂暴さと、あくことなきエゴイズム、さらには追放されて一人きりにされている不安が、彼に集約されているのである」(16)。ピクレルが指摘するとおり、ピップと脱獄囚との出会いには、少年の眼を通して大人の世界の悪がとらえられている。ピップはそれに初めて直面し、ただ怯えるばかりであった。

この脱獄囚の出現と、彼が閉じこめられているハルクスという監獄船の存在によって、テムズ川の様相は一変している。『リトル・ドリット』では、テムズ川はマーシャルシー監獄に対立する位置を占めており、テムズの川面は人々に慰安をあたえていた。しかし、『大いなる遺産』では、それは監獄船が浮かぶ場所になっている。また『骨董屋』では、広大な海に流れてゆくテムズ川は、人々の自由への憧れと重なりあっていた。ところが、『大いなる遺産』では、終末部において、テムズの河口は外国に脱出しようとするピップとマグウィッチ（墓地の脱獄囚）の願いをしりぞけているのである。

「死の川」としてのテムズ川

『大いなる遺産』の終末部では、ピップは立派な青年紳士になっている。彼はマグウィッチの経済的援助のおかげでそうなったのだった。そして、マグウィッチはオーストラリアに流刑されていたが、警察に捕らえられると死刑に処せられるのを承知のうえで、自分が送った金で紳士になったピップに会いに英国に戻ってくる。ピップはマグウィッチに会い、彼が自分の保護者であったことを初めて知り、その恩に報いるために、彼とともに外国で暮らす決心をし、テムズの河口で外国船に乗船する手筈をととのえる。しかし、ピップとマグウィッチの乗ったボートが外国船に近づいたとき、警察のボートが追ってくる。二つのボートは激しく衝突し、マグウィッチは瀕死の重傷を負ってしまい、ついに警察に捕縛される。彼は監獄に収容され、やがてピップに見守られながら息をひきとる。

『大いなる遺産』において、テムズの河口は警察の監視下にあり、そこは昔のように外洋に出る自由な通路ではない。テムズ川は大河のもつ本来の開放性を失っており、それどころか監獄船やマグウィッチの死が示すように、不気味な「死の川」と化している。こうしたテムズ川の変貌は、『大いなる遺産』以後の最晩年のディケンズ文学の世界を暗示している。次作の『われら相互の友』では、冒頭において、一艘の船に乗っている父娘《おやこ》の姿が描かれている。二人は船の上からなにやらしきりに川面を見つめている。この不審な父娘は、じつはテムズ川に浮かぶ水死体を探しているのであり、そして、事もあろうに、二人は溺死者から金品を奪うことにより日々の生計をたてているのだ。

先に言及したように、『骨董屋』では、テムズ川の上を航行する「輸送船」は気ままな自由を象徴しており、また、「溺死」は最も安楽な自殺の方法とされていた。テムズ川は日々の生活に追われる人々を見守る母なる川として読者の前に現れていた。しかし、いまや母なる川テムズは水死体の浮かぶ死の川へと変わってしまった。その変貌は、次章で取りあげるコンラッド作『勝利』に見られるように、人間と場所《トポス》との親密な絆が断たれ、人間が自らの存在の基盤である場所《トポス》を失い空しく放浪する時代が訪れることを予言しているのである。

第九章　場所《トポス》の喪失、場所《トポス》の回復

1　はじめに

無特徴の街

　どこに行っても同じような街並みがつづき、同じような服装の人々が歩いている。そんな特徴のない風景の中に育てば、どうしても無特徴性の意識が浸透してくるだろう。ある場所に身体は位置していながらも、まるで自分はどこにもいない、あるいは、自分がまるで世界のあらゆる場所に同時にいるような奇妙な感覚が、外部との皮膚全体の接触のなかから表れてくる。このように場所《トポス》の意識が失われていき、代わりに無特徴性が立ち現れている状況のなかでは、一つの場所が世界の縮図として意識されることは不可能になりつつあるのではなかろうか。ひとつの作品のなかにひとつの場所が、ひとつの場所のなかにひとつの時代が、そして、ひとつの時代のなかに歴史経過の全体が表れるという、部分と全体との緊密な有機的関係は崩れつつあるのかもしれない。

　そう考えてみると、すでに本書で取りあげたジェイン・オースティンは、自己の資質と合致した時代に創作にいそしむことができた幸運な小説家だったように思えてくる。「田舎の村の三、四の家庭が小説の題材には最適です」とジェイン・オースティンは姪に宛てて書いているが、(1)彼女の小説から読みとれるのは、たんなる人生のありふれた情景だけではなく、また小さな村のなかに限られているのでもなく、一八世紀イギリスの田舎の村でも世界へ向かって開かれていたという事実にほかならない。ある土地に定着し、村や町という社会のなかで生きることは、家とその周囲の狭い世界しか知らなくても、想像力の領域では果てしもなく豊かであることを可能にしていたのだ。

しかし、家とその周囲の狭い世界、つまり自分が住む土地のなかに外の世界とのつながりを求めるのではなく、二〇世紀に入ると――そもそも国家とか民族の枠組みを超えて――もはや定住の道を選ばず、定住する空間から身を離すことによって生の可能性を求める主人公たちが登場してくる。場所の意識が希薄になり、部分と全体、地域と世界との類比的な対応関係が成り立たなくなる状況のなかで、彼らが示す生の軌跡には、「場所《トポス》の喪失」というモチーフが表れている。だが、同時にそこには、あたかも一枚のコインの表と裏のように「場所《トポス》の回復」というモチーフが潜在している。そんな主人公が現れる作品としてサマセット・モーム『かみそりの刃』（W. Somerset Maugham, 1874-1965, *The Razor's Edge*, 1944）という作品についてまず簡単に言及し、次にコンラッド『勝利』（*Victory*, 1915）を扱いながら、場所《トポス》の喪失と回復の問題について論じてみたい。

サマセット・モーム『かみそりの刃』

『かみそりの刃』は第二次大戦中アメリカで執筆され、青年たちのあいだに驚異的な反響をよんだと言われている。まず簡単に粗筋を紹介したい。

一九一九年シカゴ。語り手である「わたし」（作者モーム）は友人エリオットに会い、姪イザベルとその婚約者ラリーに紹介される。(2)二人は相思相愛の仲だったが、彼らの結婚にはひとつの問題が持ちあがっていた。それは、ラリーがいっこうに定職に就こうとしないことだった。その理由は、第一次大戦の空中戦で命を救ってくれた戦友が目の前で死んだことから、彼は人生というものに深い疑問を抱いていたからである。やがて彼は、イザベルを置き去りにしてパリに旅立ってしまう。

二年後のパリ。イザベルはラリーと再会する。しかし彼女の期待を裏切ってラリーは薄汚いホテルに泊まり、若い芸術家らと交わってボヘミアン的な生活を送っていた。イザベルはラリーとの結婚を諦めて、シカゴの富裕な株式仲買人グレイと結婚してしまう。一方ラリーは、人間本来の生き方を求めて、北フランスの炭鉱やドイツの農場などを転々とする。

一九二九年、大恐慌が発生する。グレイは破産してしまい、イザベルはエリオットの世話をうけてパリで暮らすことになる。そこに、行く先の知れなかったラリーが、突然舞い戻ってくる。彼は、なんと五年間インドで過ごし、聖者の下で修行して悟りを開いて帰ってきたのだった。やがてラリーは、放浪の人生を打ち切ってアメリカに帰っていく。彼は「わたし」に向かって、運転手をしながらこれからも人生の意味を探し求めてゆく、と語る。

この粗筋にもあるように、主人公ラリーは第一次大戦の空中戦で命を救ってくれた戦友が目の前で死んだことに触発されて、祖国アメリカを脱出してヨーロッパ各地を転々としつつ、死と生、善と悪、という人間性根源の問題の探究に没頭していく。既成のモラルを破り、新たな人生の意義を求めるラリーの生き方には注目される点がある。それは、彼が長い遍歴の果てに一人のコスモポリタンへと成長していることである。つまり、彼はアメリカ人としてのアイデンティティを捨て去ってしまうだけではなく、さらにヨーロッパ世界を離れてインドのヒンドゥー教に没頭し、やがて国家や民族という枠組みを超えた、一個の人間として自立する道を歩む。また、ラリーのたどる精神的遍歴が宗教上の問題と密接に結びついていることも興味深い。魂の救済を求めてキリスト教に近づきながら、彼は神を見いだすことができず、ついにインド神秘主義思想に魅せられていく。そこにはモームの宗教体験が投影されているだけでなく、「人間性の探求」というテーマ（これは一八世紀にフィールディングが小説というエクリチュールの本質として掲げたものであり、以後イギリス小説そのものの核心を成している）が、一九世紀における教養小説とは異なり、もはやヨーロッパ世界の内部においては自己完結できない文化状況が表れている。

2　「父」の出現

「移動」という出来事

ラリーは、明確な目的のない旅に出て見知らぬ土地をさすらいながら、ある一定の場所とのつながりを忌避し、アイデンティティというものを「国民《ネイション》（＝民族）の物語」のなかに求めず、「移動」という出来事によって生の意味を永遠に捜し求め、いわば日々の生活そのものを「非日常」への離脱の経験と化している。ボーダレスと言われる「国境なき時代」

図Ｖ－6　26歳のコンラッド

において、かりにラリーのような人物が小説の主人公としてふさわしいと言えるとしたら、コンラッドの生みだした主人公のなかで最も現代的な人物は『勝利』のアクセル・ヘイストであろう。

『勝利』という作品においては、ヘイストの不可思議な放浪が語られている。そもそもこの作品においては、主人公ヘイストはイギリス人ではなくスウェーデン人であり、また舞台もイギリスやヨーロッパを離れている。しかも『闇の奥』の場合のように、アフリカという原始の大地とヨーロッパの文明との遭遇が一人の人物の姿に投影されるという作品構造が成立しているのではなく、世界との関わりを避けて、人間というものが無縁の土地、入り込めない異郷の土地のあいだをさすらうことの是非が問われている。日々の生活そのものを「非日常」への離脱の経験と化しているヘイストという主人公を中心に、『勝利』という作品について論じたい。

アクセル・ヘイストは、故郷を遠く離れたマレー群島の一角に位置するサンブランという孤島に、ひっそりと暮らしている。世の中との接触を避けて、彼がまるで隠遁者のような生き方を選んだことについては、実はすでにこの世にはいない父の存在が影響していた。ヘイストの父親は哲学者として活躍した人物であったが、この父親は自分の抱く厭世的哲学をまだ若い息子の精神のなかに吹きこんだのである。彼はその死の前日に、息子ヘイストからいったい人生の指針となるものがあるのかと問いかけられたとき、こう返答する。

「導いてくれるものはないのですか?」

あの晩、父は珍しくおだやかな気分になっていた。煤《すす》に汚れた黒い街影の上の、雲一つない夜空を月が泳いでいた。

「では、おまえ、まだ何かを信じているんだね」父は、近ごろとみに弱々しくなってきてはいるが、澄んだ声で言った。「たぶん、血のつながりでも信じているんだろうな？　すべてを平然と侮蔑する態度が一貫しておれば、それだって、じきに追っ払えるんだ。しかしおまえの場合は、まだそこまでに達していないのだから、憐憫という名の侮蔑心を養うことにしたらどうだ。それがいちばん簡単だろう。ただしおまえ自身も、むしろ、他の人たちと同じように憐れむべき存在だということを忘れず、しかも決して人から憐れみを受けようなどと思わずにね」

「じゃ、どうすればよいのですか？」若者は嘆息まじりに言って、背の高い椅子に身じろぎもせず掛けている父を見た。

「眺めるんだ――騒ぎ立てずに」というこのことばこそ……天地を廃墟で満たすことに一生を費やしてきたこの男の、最後のことばとなった。(3)（一七四―一七五頁）

この父子の対話のなかに、『勝利』という作品の主題が表れている。作者コンラッドは「この作品におけるほど、私が人生をとらえようと努力した作品は、おそらくほかにない(4)」と述懐しているが、その言葉を裏打ちするように、この小説には深く生の現実に関わって生きるべきか、それとも、そうした現実との深い関わりは結局のところ、挫折と幻滅に至ると見なし、傍観者として生きるべきなのかという倫理的な問題が、アクセル・ヘイストという故国喪失者《エグザイル》を通して、地域とか民族とか国家という次元を超えて、南海の孤島という場所《トポス》において追求されている。そこで注目されるのは、ヘイストの人間社会からの離反という問題に父親という存在が深く関わっていることだ。

「父」の出現

すでに指摘したように、ロビンソン・クルーソーにおいては、中流階級に属する父親の戒めの言葉は、息子クルーソーを市民社会の良識のなかに導くものであり、ひいては神の存在にもクルーソーを結びつけていた。これに対してヘイストの父親は、個人というものが社会秩序のなかで一定の役割を引きうけ、いわゆる良き市民として生きることの道徳的・社会的意義を真っ向から否定している。ヘイストの父親の遺言である「眺めるんだ――騒ぎ立てずに」という「超然主義」の背後には――ロビンソンの父親が平凡な生活を礼賛したのとは対象的に――市民生活のもつ単調な健全性、凡庸さ、無感覚に対する嫌悪の念が存在しており、そこには、自分は凡庸な秩序から疎外された存在であると見なす近代的な自己認識が潜んでいる。

ヘイストが父から受け継いだショーペンハウアー的な厭世主義は、一九世紀末のデカダンス芸術運動に端的に表現されているように、使い道を失った知性が自分自身に向かって内向したために生じたものであり、ヘイストのもつ知性は、国家にも社会にも、自分自身の階層上昇にも奉仕することを拒み、むしろそういう社会的な価値を疑うことに振り向けられる。当然、彼の懐疑は、自己自身にも世界の総体にも差し向けられなければやまない。その結果ヘイストは、人間社会に参加《コミットメント》することを拒み、さまよえるユダヤ人のごとく、「眺めるんだ――騒ぎ立てずに」という父の遺言に従い世界を「漂うこと」を自らに課す。こういうヘイストという存在は、例えばハーディの作品に現れるような、故郷喪失者《デラシネ》という枠には収まりきれない性格をもっている。というのも、ヘイストはそもそも失うべき故郷を所有していないからだ。このことは、『勝利』のなかで、いわば故郷というものと一体である「母」の姿がまったく現れないことと深く結びついており、ヘイストの意識は、生命を育む「母なるもの」の不在のなかで、まるでハムレットのように父の亡霊に怯えているのである。

ヘイストの父は、息子の人生への希望を消し去り、その人生を狂わすものとして現れている。そうしたことか

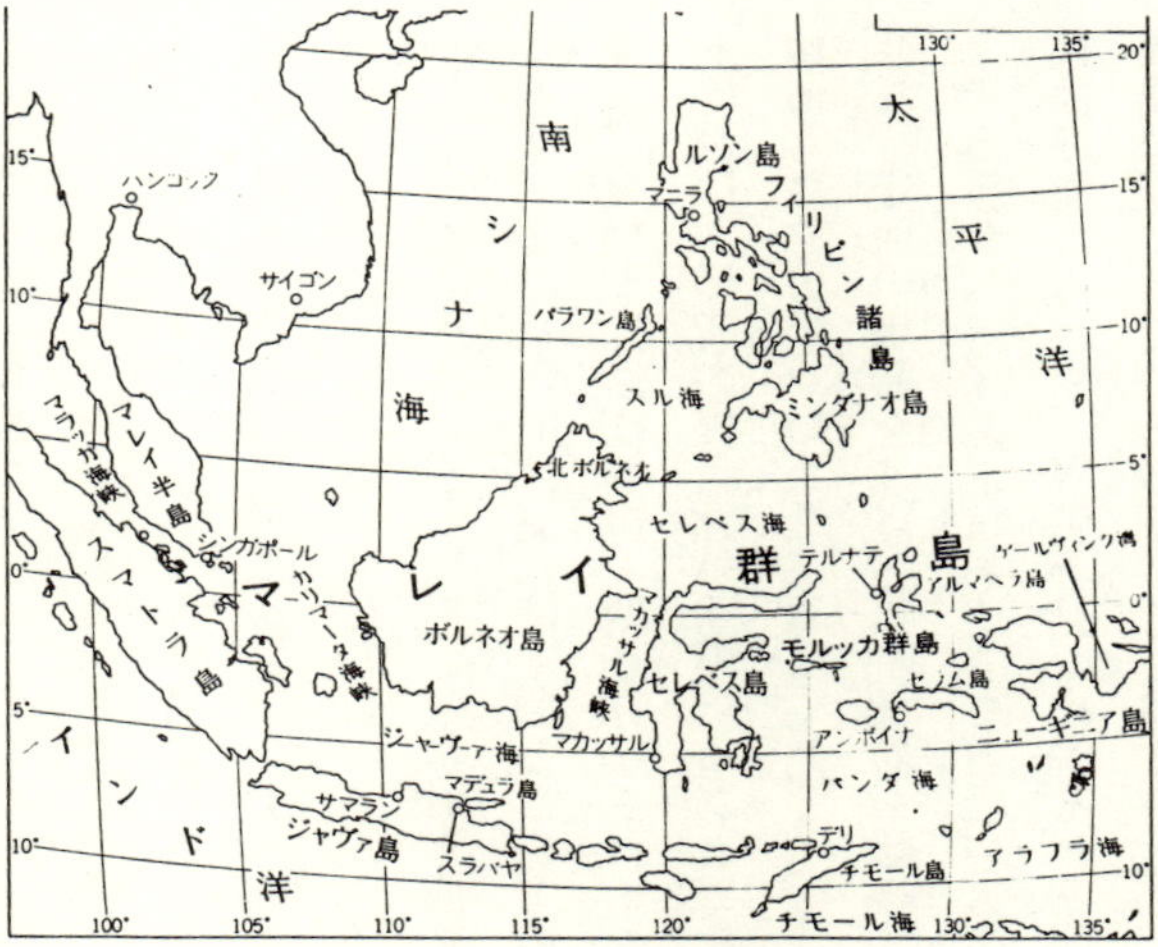

図V-7　『勝利』要図

ら、『勝利』における人間への不信を息子に吹きこむヘイストの父親は『ハムレット』において復讐を命じる父の亡霊と対比されている。[5] ハムレットさながらにヘイストは人間を呪う父の言葉によって、その人生の方向を決定させられてしまい、そしてまた悩めるハムレットさながらに、ヘイストはいったいなにが正義でありなにが悪であるかについて、自己の行為と経験のなかから判断を導き出すことの不可能性に直面する。だがハムレットの悲劇と『勝利』とは、似た構造をもちながらも、「関係の拒否」というモチーフを展開していく方向が異なっている。

場所《トポス》の喪失、場所《トポス》の回復

ヘイストにおける生の軌跡の方向性は、彼が放浪の末に流れついた場所《トポス》に象徴的に表れている。

大ざっぱに言って、北ボルネオの一点を中心に描かれる半径八百マイルの円が、ヘイストを呪縛した魔法の輪なのであった。円の北端はちょうどマニラに接していて、彼の姿はそこで見かけられた。また同じ円周上すれすれにサイゴンがあり、そこでも一度、彼の姿が見かけられた。そのような動きは、あるいは、呪縛から逃れ出ようとする彼のあがきであったかもしれない。もしそうだとすれば、それは空しいあがきであった。しょせん、それは脱け出ること

のできない呪縛であった。(七頁)

ここにはヘイストという人物における、奇妙な場所《トポス》との関係が示されている。彼はマレー群島の「半径八百マイルの円」のなかから出ようとはせず、その内部に閉じこもろうとしている。しかし、その一方で彼は一定の職業を求めることもなく、半径八百マイルの「魔法の輪」のなかを放浪しつづける。彼がさすらいの場所として選んだ南海の島々は、イギリスという国を世界の中心として見れば、地理的には世界の最果て(極東)に位置する地であり、また文化的に見れば未開とされている地域である(ちなみに、中国を中心とする東洋文明のなかにおいても、マレー群島は野蛮の地と見なされてきた)。この地域を自らの彷徨する場所として選択したことに、ヘイストにおける場所《トポス》の喪失というモチーフと、そこに潜む問題点が表れている。「あの父親の子として、漂う以外に価値ある生き方はない(九二頁)」というヘイストの確信は、定まった場所において世界と関わることを彼に放棄させた。定住の場所を基点として世界を認識することは、ある意味で近代的な主体の成立にとっては欠かせないことであるが、ヘイストはあくまで自己の人生を、父親の伝えた思想によって読み解きつつ生きようとしている。彼は混沌たる世界の現実を見つめ、それと関わるなかで他者と交わりを結ぶことを拒み、ただ自己の内部に宿る懐疑精神に忠実であろうとしている。

こういう彼の漂泊には、認識と行為の一致を求める精神的な激しさ、ないしは純粋性が表れており、そのために、父の言葉に従い傍観者として無為に人生を送りながらも、ヘイストにはその父親が示していた世紀末的な退廃性が払拭され、一種の無垢な精神性が立ち現れている。一九一五年に発表された『勝利』の主人公ヘイストは、一九二〇年代においてオールダス・ハックスレーが描いた知識人階級の姿——世界の現実に参加《コミット》することができず、虚無主義という思想に蝕まれて、あてどなくボヘミアン風な退廃的生活を送る姿——とは対照的な相貌を見せている。ハックスレーの知識人たちは、刹那的な快楽に溺れることで自らの内面を蝕む絶望から目をそらそうとしているが、同じように懐疑的傍観者でありながら、ヘイストは知性や思想をひけらかすことはなく、自己の思想と乖離した生活を過ごしてはいないのだ。

だが、ヘイストの示す純粋性は、彼の陥っている故郷という母なる場所の喪失と表裏一体の関係にある。ヘイストにあっては、自分という存在は自分の記憶以前から生きている、自分が存在する以前の過去や歴史とつながっているという認識がすっぽりと抜け落ちているのであり、それは〈在る〉ところの自己を生みだした過去の記憶の宿る場所をヘイストが見失っていることを意味している。そのあげくヘイストは、父の教示に従って世界をペシミズムという概念によって一気に抽象化してしまい、世界とは何なのか、そして自分とは何ものなのかという問いそのものに分け入っていこうとはしないのだ。次に紹介する、作品の冒頭部において示される熱帯の島に住むヘイストの姿は、彼の傍観者的な生き方に潜む矛盾を暗示している。

3　場所《トポス》と人間

関係の拒否

ヘイストは、かつては石炭積出港であり、今なお炭坑の廃墟が残っているサンブランという孤島に、誰とも連絡を断ち、誰とも会うことなくぽつんとひとりで暮らしている。

彼は、まるでヒマラヤの最高峰にとまった鷲《わし》のように、だれの邪魔にもならず、また、ある意味では、それと同じくらい人目につく存在であった。その界隈の住民で、小島に巣くう彼のことを知らない者はいなかった。島は、いってみれば山の頂である。その上に凝然ととまるヘイストを取り囲むのは、はるか無限の彼方にとけ去る、軽い、透明な、嵐をはらむ空気の大洋ではなくて、生ぬるい、浅い海、この地球を抱擁する大海原が産み落とした精気のない分身であった。彼を最も足繁く訪《おとの》うものは陰影――熱帯特有の活気のない重苦しい陽光の単調さを救うために雲が地上に落とす陰影であった。彼にいちばん近い隣人は……北方の水平線上にわずかに頭を出して、一日じゅう、かすかな煙を吐いている火山であった。火山は夜ともなると、暗闇に間をおいて吸われる巨大な葉巻の燃え口のように、間歇的《かんけつてき》にふくらんではしぼむ、鈍く赤い輝きを、さえざえとした星の間から彼に向かって放った。アクセル・ヘイストも煙を吐いた。床につく前に、両切葉巻をくわえて、ヴェランダで憩うとき、何マイルも遠く離れた、もう一つの火と同じ輝き、同じ大きさの火を闇夜に放つのだった。(三―四頁)

周囲の世界とは無関係に悠然と葉巻をくゆらすヘイストの姿は、彼がマレー群島という地域を自らの放浪の場として選んだ理由を語っている。彼は人間との関係を拒む場としてここを選んだのである。しかし、周囲との交わりを断つ超然主義の立場をとるヘイストの生き方は、ある大きな危険を孕んでいる。間歇的に夜空に火を吹き上げる火山のイメージが暗示するように、彼はやがて「関係の拒否」の姿勢を突き崩す「他者」という存在とぶつかる運命にあるからである。だが、それだけではなく、引用した冒頭部のヘイストの姿は、東洋を支配の対象と見なす西洋社会に生まれたオリエンタリズムと結びついている。かつては東洋の天然資源を奪う石炭積出港であったサンブランにおいて、誰とも関わりをもつことを拒み、ヘイストは「眺めるんだ――騒ぎ立てずに」という父の遺言を守っているが、その姿には、ヘイストの傍観主義とは裏腹に、西洋の東洋に対する支配の思考様式としてのオリエンタリズムがまるで影のように付き従っている。コンラッドは巧みな「語り」の方法を用いて、それを捉えている。

植民地における「語り」の主体

コンラッドはヘイストという主人公の経歴と輪郭を、「私」という語り手の口を通して描いている。この「私」なる語り手は、『闇の奥』の語り手であるマーロウのように、作品における主要な登場人物として活躍することはない。また『西欧の眼の下に』における語り手である老語学教師のように、主人公とは距離をおいた客観的な語り手とも違っている。『勝利』における語りの主体である「私」は――マーロウがしばしば口にする「われわれの仲間」という言葉をもらしていることからもうかがえるように――明らかに船乗りであるが、マーロウと比較してみると明確な相違を見せている。というのは、マーロウは大英帝国を支える商船隊の一員であることに誇りを抱いているが、「私」はそのような大英帝国の繁栄に裏付けられたナショナル・アイデンティティから離れている周縁的な人物だからである。つまり、「私」という語り手が置かれた社会的立場は――作中でドイツから流れてきてジャワ島のスラバヤで安ホテルを経営するうだつのあがらないショーンバーグと同様に――いわゆる従属諸集団《サバルタン》に近いものであって、「私」という話者は、自らをヨーロッパ社会からはじき出された人間であると述懐している。「私」のように「個人貿易」に従事する者は、もしもこの地域に蒸気船が普及したら、たちまち行き場がなくなるのであり、「熱帯石炭会社」が発足したとき、「私」は将来への不安に怯えるのである。

しばらくの間は、どの島も、この「熱帯石炭」でもちきりであった。平然と微笑を浮かべている者も、その実、内心の不安をおし隠しているにすぎなかった。さよう、来るべきものが来たのだ。結果は目に見えている――蒸気船の洪水に息の根をとめられる個人貿易の末路。われわれには蒸気船を買う余裕はない。（二四頁）

蒸気船の時代の到来に怯える「私」はまた、「西洋人の優位」という神話にも疑いの目を向けている。「私」が言うところの「われわれの仲間」であるデヴィドソン船長は、じつは中国人の経営する海運会社に雇われているのであり、「私」という白人とその仲間たちは、じつは東洋人に対しても被支配者《サバルタン》の位置に立たされている。こうして、西洋と東洋の両方から疎外され、東洋の港において政治的・経済的に従属的な位置に甘んじている「私」の語り口は、いわば帝国主義下の植民地における政治力学を映しだす媒体となっている。植民地主義的言説批判を内包する政治的視点を備えた語りの主体である「私」の目を通して見つめられるとき、『勝利』という作品の中核を占める男女の恋愛関係すらも、――他者を自分の意思に従属させ、他者を支配しようとする――ひとつの政治的世界として語られることになる。やがて、アルマという女性が、生の凡庸さと画一性を忌避するヘイストの超然主義の閉鎖性を打ち破り、代わって生の陶酔と官能性を示現する存在として出現するとき、人は深く生の現実に関わって生きるべきか、それとも、傍観者として生きるべきなのかという『勝利』の抱える倫理的な主題が新たな展開を見せていくのである。

情熱の侵入

ヘイストは熱帯地方を巡回する女性楽団に所属していたアルマという少女を、ふとしたことから救うことになる。アルマは身寄りのない少女であり、たまたま楽団が演奏をしているホテルの経営者である、ショーンバーグに言い寄られていた。ショーンバーグは長年連れ添った妻がいるにもかかわらず美しい少女にのぼせあがっていたのである。このアルマという少女に同情を感じたことがヘイストを否応なしに人間世界に引きずりこむことになる。彼はアルマの身の上を知るにつけて、いよいよ見捨てておくことができなくなり、ついに彼女を自分の住む孤島に連れていく。ヘイストにとって自らのその行為は、たんに困っている人間に援助の手を差しのべるという行為にすぎないはずであった。しかし、周囲の人間たち、例えばショーンバーグにとっては、それは男と女の駆け落ち以外のなにものでもない。そして、ショーンバーグだけでなくアルマにとってもヘイストの行為はたんなる善意の行為ではなかった。ヘイストは自分への愛に突き動かされているとアルマは信じるのだ。

図V-8　マレー群島の家屋

　まもなく、周囲から隔絶されたサンブランにおいて二人の生活が始まる。ヘイストは自分が救った少女を楽団時代のアルマに代えてリーナと名づけるが、この命名行為は、もはやリーナという女性がヘイストにとって、たんなる行きずりの人間ではなくなったことを物語っている。このときから、ヘイストは生まれて初めて「他者」という不可思議な存在と抜き差しならない関係を結ぶことになったのであり、それを証明するように、リーナはヘイストに向かいこのような言葉を投げかける。

「でもときどき、私思うの、あなたって、私だけのために、ただ私だけのために私を愛するってことができない人なんじゃないかって。ほかの人たちはそうやって愛し合っているわ」彼女は首を垂れた。「いつまでも」とふたたび小さな声で言い、それからもっとかすかな声で「お願い、愛して！」と嘆願のことばを付け足した。

この最後のことばは、突き刺すように彼の心に響いた……今はもう心の防御がすっかり崩れ去っていた。生が、彼の喉元をしっかりと捉えていた（二二一頁）。

ある意味で、「他者」とは打っても叩いても平然としている他人のことであり、しかもこの「他者」という存在を愛さなければならないことが、人の倫理の核をなしている。ヘイストはリーナと出会うまでは、生を蔑視し、蒼白い孤高のなかで、自己独自の観念の世界を形成し、そのなかで高貴と純潔を保っていた。しかしそのような超然主義を奉じる彼の精神の不毛性はリーナから愛を求められたときに露呈せざるをえない。自己の人生を、父親の言葉に従って読み解きつつ生きてきたヘイストは、漂泊の人生を送るという決断を覆すような激しい生の力にさらされているのだ。

神話的リアリズムという方法

ヘイストがリーナから激しい愛を求められ、逡巡を示すとき、『勝利』という題名にこめられた意味合いが初めて明らかになってくる。懐疑的精神の持ち主であるヘイストに対してリーナは果たして彼の愛を勝ちうるかどうか、――それがこの作品のストーリーの焦点となっている。そしてこの問題をコンラッドは、「神話的リアリズム」と言われる方法を駆使して描いている。[6] すでに述べたことだが、ヘイストはハムレットと比較される人物であり（ヘイストのことを「南海のハムレット」[7]と解釈する見方もある）、またヘイストとリーナが暮らすサンブランという島はエデンの園のイメージに基づいて創造されている。こうしてコンラッドは先行するシェイクスピア、聖書などを物語のなかに組みこむという技法を駆使しており、『勝利』後半部においては、シェイクスピア『大あらし』が物語の下敷きになっている。

イノセントの世界――悪の不在

リーナの愛の純粋性と、それとは対照的なヘイストの精神のもつ不毛性は、二人の住んでいる島に、運命の悪戯から冷酷な三名の犯罪者たちがやってきたとき明らかになる。ヘイストは自己の信奉する父親ゆずりの超然主義をかなぐり捨てて犯罪者と闘うことにためらいを見せ、いつまでも煮え切らず、いたずらに逡巡を重ねる。これに対し、リーナはヘイストを守る行動をとることに躊躇をみせない。リーナは三人のならず者たちの一人リカードーを欺いて、彼の手から拳銃を奪おうとするのである。そしてまんまとそれに成功したとき、あえなく命を落としてしまうのだ。だが、そのとき彼女の顔には、愛する者のために自己の命を捧げた女性の「勝利」の笑みが浮かんでいた。

サンブランの上の雷も鳴り止んだ。星影の現われる下で、具象の世界はもう震えおののくことをやめた。今、星明りをあびつつ事切れゆく若い女の魂は、死に打ち克った勝利を確信し、その悦びにしがみついていた。

「済んだのね」と彼女はつぶやいた。「もうすっかり済んだのね！　ねえ、あなた」リーナはかぼそい声で叫んだ。「あなたを救ったわ！　どうして抱いてくださらないの。こんなさびしいところから、どうして連れ出してくださらないの？」

人生全体に対するいまわしい不信のために、この機に臨んでも、心底からの愛の叫びを口に出そうとしない、気むずかし屋根性を、みずから責めながら、ヘイストはリーナの上に深く身をこごめた。敢えてまだ彼女の体に手を触れないのだ。彼の首のまわりに腕を投げかける力は、リーナのほうにもうないのに。

「あなたのために、こんなことが他のだれにできたかしら」彼女は勝ち誇ったようにつぶやいた。

「世界じゅうにただの一人もいないよ」ヘイストは隠し切れない絶望の囁きで彼女に答えた。（四〇六頁）

リーナの自己犠牲のなかには、ヘイストの傍観主義に欠けている積極的な要素が表れている（彼女は愛する者を助けるためには、性的魅力によってリカードーを手玉にとることもいとわない）。それに対し、ヘイストは――リーナが息を引きとろうとしているときでさえ愛の告白を躊躇する姿が示しているように――主体的・積極的な行動に踏み切ることによって現実を切り開くことができないのである。

ヘイストはサンブランに来た三人の犯罪者の中心人物であるジョーンズと会ったとき、この男が平然と人殺しをする人物であることを認識しながら、どうしても憎むことができない（ヘイストのジョーンズへの態度には共感すら漂っている）。それはヘイストが自分の分身をジョーンズという男のなかに見いだしたことに起因しているが、そういう自己分裂のモチーフもさることながら、ヘイストの傍観主義の抱える問題点として、彼の言動に横溢しているイノセントさが問われねばならないだろう。ヘイスト的な世界は、リーナ的な「信じる」ことと、「賭ける」ことを徹底して欠いており、それゆえに「悪」の要素が不在となっているのである。ヘイストの超然主義は、その安定と無傷のために、皮肉な見方ではあるが、むしろ健全で善良な、小市民的なものに堕しているのではなかろうか。生きるための競いあいや取りあいを避け、愚劣や悪行を抑圧するヘイストは、健全性あるいは善意というものに潜む罠に陥っていると言えよう。

場所《トポス》と人間

ヘイストは、リーナの死によって、ようやく自己の存在の基盤であった父親との精神的な同一化を否定する。父の厭世哲学に影響されたために、「若いうちに希望を持つこと、愛すること、人生を信じることを覚えなかった（四一〇頁）」ことの過誤を、彼は痛感する。しかしそれはヘイストの生への希望を蘇らすものではなく、かえって彼を底なしの絶望に突き落とすものであった。そして、ついにヘイストは自らの命を絶ってしまうのである。

このときヘイストにとって父親の存在は、人間を導く〈父なるもの〉ではなく、生に絶望し、生を敵視する、病み衰えた精神と映っている。父親の「眺めるんだ――騒ぎ立てずに」という訓告は、息子へと継承されるべき道徳的な価値を見失って徐々に希薄化していく父性の在り方を示している。しかし、このように主要人物がそれぞれ挫折を味わい、ついに死をとげる『勝利』という作品において、一人だけ例外的な人物が存在している。それはヘイストの召使いとして登場する中国人の汪《ワン》である。彼は忠実にヘイストに仕えていたが、三人の犯罪者たちが現れると、さっさと島の奥の村に去ってしまう。

図V-9　晩年のコンラッド

じつは汪は村の女と結婚していて、この南海の孤島にしっかりと生活の基盤を作りあげていた。彼はヘイストが助けを求めにいくと、まるでそれまでの忠実な召使いの姿が偽りであったかのように、ヘイストに拳銃を突きつけて追い返してしまうのだ。汪にとって白人という存在は、自分に利益をもたらすうちは交渉をもつ価値があるが、ひとたび利益に反するとなれば、なんら関係をもつに値しない侵入者でしかなかった。ヘイストとリーナの死の模様を伝えた後、最終部において語り手の役を務めるデヴィドソン船長は、汪について言及する。

「彼は悪い中国人ではありません。彼は、憐れみと少しばかりの好奇心から、ヘイストと娘のあとをつけて、森をうろついたと申し立てております。食事の後ヘイストが家を出てゆくと、そのあとへリカードーが一人で戻ってくるのを見届けるまで彼は家を見張っていた、とも言っております。そこに身をかわしている間に、ふっと彼は思いついたのです――あのボートを流してしまったほうがよいぞ――やくざどもが海づたいに回ってきて、海上からピストルやウィンチェスター銃で彼の村を射撃できないように――と。悪魔ども、何をしでかすかわからない、と彼は判断したのです。そこでひそかに船着き場まで降りていって、ボートを漂流させるためにそれに乗り移ると、その中でうたた寝をしていたらしい毛むくじゃらの男が、一声唸って中国人めがけて躍りかかった。それで汪《ワン》は彼を射殺し、舟をできるだけ遠くへ押し流したうえで、立ち去った、とこう申しました」(四一一頁)

中国人の汪は、ヘイストとリーナを含めた東洋に流れてくる白人たちとは異なり、サンブランという島に生活の根を下ろしつつ逞しく生きている。汪という人物は、人間という存在にとって欠かせない場所《トポス》との関係を見失っている白人たちと対照的に、場所《トポス》によって生かされているのであり、そこには場所《トポス》の回復の必要性が暗示されている。

『勝利』という作品は、イギリス小説のなかで、その作品世界を包み、支える光の光源としてイギリスを遙か離れたマレー群島という場所《トポス》との関係を打ちだしており、それは明らかにそれまでのイギリス文学の歴史の中で、長く打ち捨てられてきた場所《トポス》の光によって輝いているのである。

注

第一章

（1）『世界大百科事典』（平凡社、一九七二年）のなかの「小説」という項目中の【起源と本質】（中村光夫執筆）からの引用である。

（2）家なき子という言葉をきくと、エクトール・マロ作『家なき子』ではなく、「母をたずねて三千里」というアニメ・ドラマや、同名のテレビドラマのことを思いだす人が多いかもしれない。テレビドラマでは、周囲の大人たちに向かい「同情するなら金をくれ」という言葉を投げつける少女の姿が大きな反響をよびおこしたが、不思議に印象に残っているのは、ほかでもない家なき子というやや古風でセンチメンタルな響きをもつ言葉が大きな魅力をこのテレビ番組にあたえていたことである。どうやら「家なき子」という言葉（一種の差別用語と言えるだろう）は、現代社会にあっても人を引きつける言語的生命力を有しているらしい。この言葉の裏には、母と子や、家族と個人との関係の歴史をめぐり、長大な時空間が眠っているようだ。

（3）小川洋子「日当たりの悪い家」（『文学界』文芸春秋社、一九九八年二月号）二〇〇頁。

（4）John Bender, introduction to *Tom Jones* by Henry Fielding (Oxford University Press, 1996), p. XIX.

（5）Bender, p. XXVI.

（6）Ian Watt, *The Rise of the Novel* (Chatto and Windus, 1974), p. 14.

（7）Henry Fielding, *Tom Jones* (Oxford University Press, 1996), p. 29.

（8）Bender, p. xii.

（9）山城むつみ「転形期の思考（4）寛治と広重」（『群像』講談社、一九九八年七月号）二四五頁。

（10）丸谷才一「『坊っちゃん』と文学の伝統」（『現代』講談社、一九九八年七月号）一七三頁。

（11）Fielding, p. 6.

(12) 柄谷行人『漱石論集成』（第三文明社、一九九二年）一二七頁。

(13) 彼の父親が負債を抱えて監獄に収監されてしまい、ディケンズ自身が少年時代に靴墨工場に働きにでたことはディケンズにとって生涯消えない精神的外傷《トラウマ》になった。このことがディケンズの作品に現れる父親像に反映されていることは、『リトル・ドリット』などの作品などによってつとに知られている。

(14) Charles Dickens, *David Copperfield* (Penguin, 1996), p. 11.

(15) Jeremy Tambling, introduction to *David Copperfield* by Charles Dickens (Penguin, 1996), p. vii.

(16) 三浦雅士『私という現象』（講談社学術文庫、一九九六年）七五頁。

(17) ディケンズ作、中野好夫訳『二都物語』（世界文学全集一〇、河出書房、一九六七年）六頁。

(18) 早川敦子「大人の文学と子供の文学のあいだ：サトクリフの場合」（『英語青年』研究社、一九九三年二月号）のなかに引用されているローズマリー・サトクリフの言葉である。なおこの論文からは、「物語世界」と「語り」について、多く教えられた。

第二章

(1) 富士川義之「過去は外国である」（『新潮』新潮社、一九九七年一月号）二一七頁。

(2) 同書、同頁。

(3) 吉田健一、「英国の文化の流れ」（吉田健一著作集第二三巻『英国に就いて　埋もれ木　覚え書き』、集英社、一九七七年）四〇頁。ただし、旧漢字を新漢字に、旧仮名遣いを新仮名遣いに改めた。

(4) テキストには以下のペンギン版を用いた。頁数はこの版に準拠している。Thomas Hardy, *The Return of the Native* (Penguin, 1984). また訳文は大澤衛氏の翻訳を使用させて頂いた。大澤衛、石川欣一訳『帰郷　テス』（世界文学全集、河出書房、一九五五年）。

(5) 『イギリス文学案内』（朝日出版社、一九九三年）一六二頁。

(6) 『新潮世界文学小辞典』（新潮社、一九八二年）六七九頁。

(7) Irving Howe, *Thomas Hardy* (Macmillan Publishing Company, 1985), p. 12.

（8）　四方田犬彦『空想旅行の修辞学』（七月堂、一九九六年）一五〇頁。
（9）　George Woodcock, introduction to *The Return of the Native* by Thomas Hardy (Penguin, 1985), p. 29.
（10）　Edwin Muir, *The Structure of the Novel* (The Hogarth Press, 1957), pp. 66-67.
（11）　吉田健一『英国の文学』（吉田健一著作集　1　集英社、一九七八年）一九八頁。
（12）　野島秀勝はこの問題について、以下のように指摘している――「長い中世を通じて、自然は畏怖すべき対象でしかなかった。かりに自然との和解が成り立ったとしても、それは『閉ざされた庭　hortus conclnus』のなかにおいてでしかなかった。つまり、自然の一角を囲い『閉ざし』て、それを手なづけ秩序づける。囲いによって不可解な畏怖すべき自然は外に締め出される、そういう『庭』の観念ないしイメージを通じてのみ、教会は自然を許容したのであった」。野島秀勝『自然と自我の原風景　上』（南雲堂、一九八〇年）一〇頁。
（13）　Tony Tanner, introduction to *Mansfield Park* by Jane Austen (Penguin, 1977), p. 7.
（14）　大澤衛『ハーディ文学の研究』（研究社、一九六二年）九三頁。ただし、旧漢字・旧仮名遣いを改め、また小説の題名と人物名も本論文の表記に変更した。

第三章

（1）　今道友信『自然哲学序説』（講談社学術文庫、一九九三年）五五頁。
（2）　イギリスの作家以外にも、地の果てとも言える辺境に芸術創造の転機を求めた作家や芸術家は多い。チェーホフはロシアの東に位置する最果ての流刑地であるサハリン（樺太）まで足を運び、アンドレ・ジードはコンラッドの影響をうけてコンゴを訪れている。またタヒチに絵画の創造の場を求めたゴーギャンはあまりにも有名である。
（3）　サーラ・スレーリ、大島かおり訳「現代文化批評とポストコロニアル文学」（『世界』岩波書店、一九九七年六月号）一九二頁。
（4）　同書、一九三頁。
（5）　テキストにはDaniel Defoe, *Robinson Crusoe* (Penguin, 1975) を使用した。漢数字による引用のページ数はこの版のものである。また日本語訳には吉田健一訳『ロビンソン漂流記』（新潮文庫、一九八七年）を使用した。

(6) ジョージ・サンプソン、平井正穂監訳『ケンブリッジ版イギリス文学史II』(研究社、一九八八年)一七二頁。

(7) 大塚久雄『近代化の人間的基礎』(筑摩書房、一九七五年)七一—七二頁。

(8) M・グリーン、岩尾龍太郎訳『ロビンソン・クルーソー物語』(みすず書房、一九九三年)二頁。

(9) Watt, *The Rise of the Novel*, p. 85.

(10) テキストには以下のDent's Collected Editionを用いた。引用のページ数はこの版のものである。*Youth, Heart of Darkness, The End of the Tether* (J. M. Dent and Sons, 1965)。また訳文には中野好夫訳『闇の奥』(岩波文庫、一九七〇年)を使わせて頂いた。

(11) デクラン・カイバード、宮田恭子訳「ジェイムズ・ジョイスと神話的リアリズム」(『すばる』集英社、一九九九年八月号)一四八頁。

(12) フォースターのエッセイ集『アビンジャー・ハーベスト』に収められているエッセイである。Edward Morgan Forster, *Abinger Harvest and England's Pleasant Land*, vol. 10 of *The Abinger Edition of E.M. Forster*, ed. Elizabeth Heine (London: Andre Deutsch, 1996), p. 132. しかし、私は次の本における臼井善隆氏の「はしがき」でフォースターの評言を知った。引用した訳文は臼井氏のものを使わせて頂いた。オリヴァー・ウォーナー著、臼井善隆訳『コンラッド 英文学ハンドブック——「作家と作品」〈第2期 No. 46〉』(研究社、一九七〇年)v頁。

(13) フォースターの批判の核には、コンラッドの死が『ユリシーズ』と『荒地』の出版二年後であり、『インドへの道』と一致していることが介在している。ここでフォースターはヴァージニア・ウルフを中心とするブルームズベリー・グループの一員としてモダニズム文学運動の成果を踏まえながら、また思想的には英国の知識階層の信奉したリベラル・ヒューマニズムの立場にたってコンラッド文学を批判している。しかしコンラッドと親交を結んでいた哲学者バートランド・ラッセルがみたコンラッドは、フォースターと異なり、「文明的で安穏な日常生活とは、熱した溶岩の表面が冷却してできた、ごく薄い皮膜の上を歩むのと同じく危険なものであり、いつなん時その皮膜は破れ、欺かれやすい人間を燃えたぎる奈落の底に飲みこんでしまうかわからない」と認識した作家である。(バートランド・ラッセル『交友録』より)

(14) Edward W. Said, "The Past and the Present: Conrad's Shorter Fiction," included in *Joseph Conrad Modern Critical Views* (Edited by Harold Bloom, Chelsea House Publishers, 1986), p. 30.

(15) Lionel Trilling, *Sincerity and Authenticity* (Harvard University Press, 1972), Chapter II.
(16) Joseph Conrad, *A Personal Record* (1912), of *Dent's Collected Edition, The Mirror of the Sea and A Personal Record* (London: J. M. Dent & Sons, 1968), p. xix. なお訳文には、本宮直仁訳『コンラッド自伝――個人的記録』(鳥影社、一九九四年)を使用させて頂いた。
(17) Conrad, p. xii.
(18) Albert J. Guerard, *Conrad the Novelist* (Harvard University Press, 1969), pp. 1-59.
(19) Edward Garnett, *Letters from Conrad* (Nonesuch, 1928), p. xii.

第四章

(1) 吉行淳之介『恋愛論』(角川文庫、一九七三年)六頁。
(2) 内山節『時間についての十二章――哲学における時間の問題』(岩波書店、一九九三年)四頁。
(3) テキストにはThomas Hardy, *A Pair of Blue Eyes* (Macmillan, 1975) を使用した。漢数字による引用のページ数はこの版に従っている。また、訳文には瀧山秀乃・橘智子訳『青い眼』(株式会社千城、一九八五年)を使用させて頂いた。なお、かなり改めた部分がある。
(4) 服部英次郎「解説」、聖アウグスティヌス『告白』(岩波文庫、一九九〇年)二八七頁。
(5) A・ラインハルト＝シュトッカー、小田稔訳著『トマス・ハーディの小説における性格描写と運命形象』(学書房、一九七四年)四二頁。ただし字句を改めた箇所がある。
(6) Peter J. Casagrande, *Unity in Hardy's Novels* (Macmillan, 1975), p. 18.
(7) Muir, *The Structure of the Novel*, p. 104. なお訳文にはエドウィン・ミュア、佐伯彰一訳『小説の構造』(ダヴィッド社、一九八四年)を参考にさせて頂いた。
(8) テキストにはThomas Hardy, *Two on a Tower* (Macmillan, 1975) を用いた。漢数字による引用のページ数はこの版のものである。なお訳出にさいしては藤井繁訳『塔上の二人』(株式会社千城、一九八七年)を参考にさせて頂いた。語句だけを変えて、ほぼそのまま使用させて頂いた箇所もある。

（9） ガストン・バシュラール、宇佐見英治訳『空と夢——運動の想像力にかんする試論』（法政大学出版局、一九六八年）二七四頁。
（10） 若桑みどり『マニエリスム芸術論』（ちくま学芸文庫、一九九五年）一四五頁。
（11） Frank Kermode, *The Sense of an Ending* (Oxford University Press, 1968), p. 4.
（12） 内山節、前掲書、五四頁。

第五章

（1） 中野好夫編『コンラッド　二〇世紀英米文学案内　3』（研究社、一九六六年）三二頁。
（2） テキストには次を用いた。Joseph Conrad, *Under Western Eyes*, (J. M. Dent & Sons, 1971). なお日本語訳には篠田一士『西欧の眼の下に／青春』（世界文学全集　42、集英社、一九七〇年）を用いた。なお部分的に改めたところがある。
（3） Irving Howe, *Politics and the Novel* (Avon, 1957), p. 94.
（4） 佐伯彰一『現代小説の問題点』（南雲堂、一九六九年）三九頁。
（5） G・オーウェル著、小野寺健訳『政治と文学』（南雲堂、一九七八年）に収められた小野寺氏の解説を参考にした。
（6） C. B. Cox, *Joseph Conrad : The Modern Imagination* (J. M. Dent & Sons, 1974), p. 117.

第六章

（1） この箇所を書くにあたっては、井口時男「花田清輝——贋金使いの倫理と非倫理」（『群像』講談社、一九九九年九月号）を参考にさせて頂いた。
（2） ベンヤミン『複製技術時代の芸術作品』（ベンヤミン・コレクション、ちくま学芸文庫、一九九五年）。
（3） 『サンディトン』（鷹書房弓プレス、一九九七年）の「解説」より引用。
（4） 次の書からこのことは教えられた。大島一彦『ジェイン・オースティン』（中公文庫、一九九七年）六頁。また漱石の引用は以下の書に従っている。夏目漱石『文学論』（漱石全集第一四巻、岩波書店、一九九五年）三八一頁。
（5） オースティンの初期作品については、以下の翻訳を参照されたい。『美しきカサンドラ』（鷹書房弓プレス、一九九六年）、

『サンディトン』（鷹書房弓プレス、一九九七年）。

（6）『ノーサンガー・アビー』という作品は生前には発表されなかった。そのため、出版年から見れば『分別と多感』『高慢と偏見』より後の作品になるが、執筆時期はそれら二作より前である。

（7）この作品のテキストには次を使用した。Jane Austen, *Northanger Abbey and Persuasion* (Oxford University Press, 1971).

（8）ロレンス・ラーナー「ノーサンガー寺院」、次の本に収載。『ジェイン・オースティン　講座イギリス文学作品論　第三巻』（英潮社、一九七七年）五七頁。

（9）Jane Austen, *Sense and Sensibility* (Penguin, 1977) をテキストに使用した。また、邦訳については伊吹知勢訳『分別と多感――エリナとメアリアン』（新月社、一九四八年）を使用した。ただし、旧漢字・旧仮名使いを改め、部分的に手を加えた。

（10）Jane Austen, *Pride and Prejudice* (Penguin, 1972) をテキストに使用した。また引用の訳文は中野好夫訳『自負と偏見』（新潮文庫、一九六三年）を用いた。

第七章

（1）「田舎の村の三、四の家庭が小説の題材には最適です」というオースティンの書簡中の言葉は、彼女の小説作法の秘訣を示すものとして有名である。*Jane Austen's Letters*, collected and edited by Chapman. (Oxford University Press, 1952), p. 401.

（2）オースティンの写実主義を裏付けるものとして、彼女の次の言葉は良く知られている――「小さな象牙（幅二インチ）のうえに、私はたいへん細い絵筆で描くので、労多くして得るのはわずかなのです」。*Jane Austen's Letters*, p. 469.

（3）次のエイミスの批判が良く知られている。Kingsley Amis, "What became of Jane Austen?" *The Spectator*, no.6745 (1957).

（4）Jane Austen, *Mansfield Park*, (Penguin, 1966) をテキストに用いた。なお訳出にさいしては臼田昭『マンスフィールド・パーク』（集英社版世界文学全集17、一九七八年）を参考にさせて頂いた。

(5) 惣谷美智子『ジェイン・オースティン研究――オースティンと言葉の共謀者達』(旺史社、一九九三年)二四七頁。
(6) 上田三四二『この世この生』(新潮文庫、一九九六年)四八―四九頁。
(7) 次の本の以下の頁を参照した。奥野健男『文学のトポロジー』(河出書房新社、一九九九年)二七頁、六五頁。
(8) 上田、前掲書、四九頁。
(9) Amis, *The Spectator*, no. 6745.
(10) 福田和也「ヨーロッパの死」(『文学界』、一九九九年一月号)二六一頁。

第八章

(1) 河本英夫・佐々木正人、対談「あらゆる場所に同時にいる」(『現代思想』青土社、一九九九年九月号)一二二頁。
(2) ヴァージニア・ウルフ、杉山洋子訳『オーランドー』(国書刊行会、一九九三年)四七―四八頁。なおいくつか改めた箇所がある。
(3) テキストにはペンギン版を使用した。Charles Dickens, *The Old Curiosity Shop* (Penguin, 1978). 章番号はこの版に準拠している。また日本語訳には北川悌二訳『骨董屋』(ちくま文庫、一九八九年)を使用させて頂いた。なお部分的に改めたところがある。
(4) レスリー・フィードラー、伊藤俊治・旦敬介・大場正明訳『フリークス 秘められた自己の神話とイメージ』(青土社、一九九〇年)四六頁。
(5) 同書、二一二頁。
(6) 同書、サブ・タイトル。
(7) ワイルドの次の言葉は、ディケンズの感傷主義を批判したものとして、広く知られている――「ネルの死の場面を読んで笑いださずにいられる者は、石の心臓の持ち主である」。なお、詳しくは以下を参照されたい。Malcolm Andrews, introduction to *The Old Curiosity Shop* by Charles Dickens (Penguin, 1978).
(8) シュテファン・ツヴァイク『三人の巨匠ツヴァイク全集8』(みすず書房、一九七四年)八四頁および八六頁。
(9) 念のために、マーシャルシー監獄について、一言だけ説明しておきたい。『リトル・ドリット』を一読すれば明らかなように、この監獄は借金を返済できない債務者を収監する牢獄であり、いろいろな点で一般の監獄とは異なっている。そこでは、囚人は鉄格子のなかに監禁されているわけではない。囚人はそれぞれに部屋をあたえられており、人の出入りは自由であり、さらに家族はそこで一緒に暮らすことが認められていた。なお、蛇足であるが、ディケンズの父親はマーシャルシー監獄に一時期のあいだ収容されていた。

(10) テキストにはペンギン版を使用した。Charles Dickens, *Little Dorrit* (Penguin, 1973). 章番号はこの版に準拠している。また日本語訳には小池滋訳『リトル・ドリット』(世界文学全集、集英社、一九八〇年)を使用させて頂いた。

(11) Lionel Trilling, "Little Dorrit," in *Dickens, Twentieth Century Views* (Prentice-Hall, 1967), p. 149.

(12) *Trilling*., p. 157.

(13) Douglas Hewitt, *The Approach to Fiction*, (Longman, 1972), pp. 85-102.

(14) 松村昌家『ディケンズの小説とその時代』(研究社、一九八九年)一九七頁。

(15) テキストにはペンギン版を使用した。Charles Dickens, *Great Expectations* (Penguin, 1978). 章番号はこの版に準拠している。また日本語訳には山西英一訳『大いなる遺産』(新潮文庫、一九八八年)を使用させて頂いた。ただし、部分的に手を加えたところがある。

(16) Paul Pickrel, "Teaching the Novel," in *Dickens, Twentieth Century Views* (Prentice-Hall, 1967), p. 159.

第九章

(1) *Jane Austen's Letters*, p. 401.

(2) 作者モームは「わたし」という語り手として登場し、ラリーに関する以下の物語はすべて実話であると冒頭に断言している。しかし、実際はすべてフィクションである。純然たる虚構の世界でありながら、ぬけぬけと実話であると読者に語りかけている点に、物語作家モームの面目が表れている。

(3) テキストには次を用いた。Joseph Conrad, *Victory* (J. M. Dent & Sons, 1967). なお日本語訳には次の翻訳を使用させて頂いた。大澤衛、田辺宗一訳『勝利』(新集世界の文学『勝利　陰影線』、中央公論社、一九七一年)。ただし、主人公Heystの読み方は、ハイストではなくヘイストに改めた。

（4）一九二四年四月七日付、H・S・キャンビーあての手紙。大澤衛、田辺宗一訳『勝利』の解説に紹介されているものを引用した。同書、四七六―四七七頁。

（5）Robert Hampson, introduction to *Victory* by Joseph Conrad (Penguin Twentieth-Century Classics, Penguin, 1989), p. 18.

（6）Hampson, p. 17.

（7）中野好夫編『コンラッド　二〇世紀英米文学案内　3』（研究社、一九六六年）一四七頁。

あとがき

既成の小説表現では現代人の内的真実はとらえることはできない、もはや伝統的リアリズムや正統的ロマンがそのままで成立する近代は終焉を迎えた、と言われてからすでに久しい年月が経過している。そう考えてみると、かりに二〇世紀というものを、文学表現あるいは表象システムの変貌という観点から回顧するとすれば、この時代は言葉というものが事物とか精神を表象しうるという信仰が崩れ、その結果、言葉という記号体系を操作する主体としての人間もまた危機に陥った時として記憶されることになるのかもしれない。現代におけるこのような言語と人間との関係の揺らぎや軋みが、果たしてなんらかの契機になったのだろうか、ともかく、いつからか言語表現の母胎として横たわる場所《トポス》というものへの関心が私の心のなかに芽生えたようだ。

本書は、小説作品の舞台や背景となっている場所《トポス》や地域というものを、新たな視点から見つめようと試みたものである。つまり、物語の展開される場所《トポス》というものを、小説という言語世界を構成する一要素として片づけてしまうのではなく、むしろ場所《トポス》こそが想像力や空想を羽ばたかせるものであり、場所《トポス》こそが小説という表現を生みだす始源であるという見地に立って、本書はイギリス小説を論じている。

改めて言うまでもなく、小説は言葉で作るものであり、作家は対象物があってそれを写すのではなくて、むしろ無いものを対象のなかに見いだし、無いものを言葉で有るものにしてしまう。フィールディングからコンラッドに至る五人の英国作家たちもまた例外ではない。ロンドンやドーセットという英国のなかの土地や紳士階級が築きあげた「家」、あるいは、英国を離れたコンゴやマレー群島という地域を対象にして、彼らが場所《トポス》を媒介にしていかなる世界を言葉で作りだしたかについて、少しでも明らかにしようとする試みとして、本書は生まれたのである。

この本に収めた論文の初出は次の通りである。それぞれかなりの修正・加筆をほどこしたが、とくに第五章、第六章そして第九章は、ほとんど原型をとどめないまでに書き換えたものであり、新たに書き下ろした論文と見なすこともできよう。

第一章　「家なき子の放浪――『トム・ジョーンズ』と『デイヴィッド・コパフィールド』を読む」（『旅するイギリス小説――移動の想像力』、ミネルヴァ書房、二〇〇〇年）
第二章　「〈荒野〉の発見――『帰郷』論」（『軌跡』創刊号、鷹書房弓プレス、一九九一年）
第三章　「不可解なるものとの出会い――コンラッド『闇の奥』をめぐって」（『小説研究』第一〇号、七月堂、一九九九年）
第四章　「〈内面〉の発見――ハーディ文学における墜落のモチーフ」（『変容する悲劇――英米文学からのアプローチ』、松柏社、一九九三年）
第五章　「倫理の不在――『西欧人の眼に』論」（『オベロン』通巻四三号、南雲堂、一九七九年）
第六章　「平凡なる新世界――ジェイン・オースティン論（一）」（『小説研究』第一号、形成社、一九八一年）
第七章　「劇場と私室――『マンスフィールド・パーク』論」（『読みの軌跡――英米文学試論集』、弓書房、一九

八八年）

第八章　「ディケンズ文学のなかのテムズ川――『骨董屋』『リトル・ドリット』『大いなる遺産』をめぐって」（『小説研究』第四号、七月堂、一九九二年）

第九章　「「父」の出現――デフォー、オースティン、コンラッドの作品に現れる父親像」（『英米文学にみる家族像――関係の幻想』、ミネルヴァ書房、一九九七年）

本書ができあがるまでには、様々な方々から貴重な助言を頂いた。私の勤務する高崎経済大学の同僚の先生方からも温かい励ましを頂いたが、とくに加藤一郎教授からは良き励ましの言葉を頂いた。また高崎経済大学後援会からは本書の出版にあたり助成金の交付を受けることができた。

最後になったが、鷹書房弓プレスの寺内由美子代表取締役と寺内信重専務取締役には、じつに様々な面でお世話になった。心よりお礼を申しあげさせて頂きたい。

二〇〇〇年三月

津久井　良充

索引

☆人名に続けて、その作品名を列記している。

タ行

ナ行

ハ行

マ行

ヤ・ラ・ワ行

図版・写真出典一覧

(p.23)　エクトール・マロ作、二宮フサ訳『家なき子』(偕成社文庫、1997年)。

(p.27)　Henry Fielding, *Tom Jones* (The Reprint Society Ltd., 1965).

(p.31)　*Ibid.*

(p.34)　Fred Kaplan, *Dickens, a Biography* (Avon Books, 1988).

(p.35)　J. B. Priestley, *Charles Dickens and his world* (Thames and Hudson, 1978).

(p.41)　谷川稔、北原敦、鈴木健夫、村岡健次『世界の歴史22　近代ヨーロッパの情熱と苦悩』(中央公論新社、1999年)。

(p.49)　Desmond Hawkins, *Thomas Hardy——His Life and Landscape* (The National Trust, 1990).

(p.53)　*Hardy's Cottage* (The National Trust, 1996).

(p.57)　Michael Milgate, *Thomas Hardy* (Oxford University Press, 1982).

(p.59)　*Hardy's Cottage* (The National Trust, 1996).

(p.66)　増田義郎『略奪の海　カリブ——もうひとつのラテン・アメリカ史』(岩波新書、1989年)。

(p.67)　同書。

(p.69)　Norman Sherry, *Conrad and his world* (Thames and Hudson, 1972).

(p.74)　*Ibid.*

(p.75)　*Ibid.*

(p.79)　*Ibid.*

(p.85)　Hawkins, *Thomas Hardy.*

(p.87)　Milgate, *Thomas Hardy.*

(p.89)　Milgate, *Thomas Hardy.*

(p.91)　F. P. Pitfield, *Hardy's Wessex Locations* (Dorset Publishing Company, 1992).

(p.93)　*Ibid.*

(p.101)　Sherry, *Conrad and his world.*

(p.113)　*Ibid.*

(p.115) *Ibid.*

(p.121) Marghanita Laski, *Jane Austen and her world* (Thames and Hudson, 1977).

(p.129) Jane Austen, '*My Dear Cassandra*' (The Illustrated Letters, selected and introduced by Penelope Hughes-Hallett, Collins & Brown, 1990).

(p.131) David Cecil, *A Portrait of Jane Austen* (Constable, 1979).

(p.135) *Ibid.*

(p.143) Austen, '*My Dear Cassandra*'.

(p.145) Cecil, *A Portrait of Jane Austen.*

(p.147) Austen, '*My Dear Cassandra*'.

(p.149) *Ibid.*

(p.157) Sherry, *Conrad and his world.*

(p.160) Charles Dickens, *The Old Curiosity Shop* (Penguin, 1977).

(p.161) *Ibid.*

(p.167) *Ibid.*

(p.169) 相原幸一『テムズ河——その歴史と文化』(研究社、1989年)。

(p.175) Sherry, *Conrad and his world.*

(p.179) コンラッド作、大沢衛、田辺宗一、朱牟田夏雄訳『勝利　陰影線』(新集世界の文学、中央公論社、1971年)。

(p.185) Sherry, *Conrad and his world.*

(p.189) 中野好夫編『コンラッド』(20世紀英米文学案内　3、研究社、1966年)。

≪執筆者紹介≫

津久井良充（つくい・よしみつ）

1949年生まれ

高崎経済大学地域政策学部教授

著書『読みの軌跡——英米文学試論集』（共著）弓書房、1988年。

『＜身体＞のイメージ——イギリス文学からの試み』（共著）ミネルヴァ書房、1991年。

『変容する悲劇——英米文学からのアプローチ』（共著）松柏社、1993年。

『英米文学にみる家族像——関係の幻想』（共著）ミネルヴァ書房、1997年。

『サンディトン——ジェイン・オースティン作品集』（共訳）鷹書房弓プレス、1997年。

『旅するイギリス小説——移動の想像力』（共著）ミネルヴァ書房、2000年。

記憶《きおく》のなかの場所《ばしょ》——イギリス小説を読む新たな視点

2000年５月20日　初版発行

編著者　津《つ》久《く》井《い》良《よし》充《みつ》

発行者　寺《てら》内《うち》由《ゆ》美《み》子《こ》

発行所　鷹書房弓《たかしょぼうゆみ》プレス

〒162-0811 東京都新宿区水道町2-14

電　話　東京(03)5261—8470

ＦＡＸ　東京(03)5261—8474

振　替　00100－8－22523

ISBN4-8034-0453-4　C3098

印刷：大熊整美堂　　製本：誠製本